書下ろし

はないちもんめ 秋祭り

有馬美季子

祥伝社文庫

目次

序

薔薇(そうび)の棘(とげ)に刺されるような痛みで、娘は目を覚ました。

——ここはどこなのだろう——

朦朧(もうろう)としながら、記憶の糸を手繰(たぐ)り寄せる。

ちく、ちく。

痛みは次第に鋭(するど)くなる。思わず悲鳴を上げそうになって、手拭(てぬぐ)いを嚙(か)まされていることに気づいた。

恐怖に戦慄(おのの)きつつ、娘は少しずつ思い出す。

……あの時、話が弾(はず)み過ぎて、気づくと、見知らぬところまで来てしまっていた。

暗くなりかけて、道端には竜胆(りんどう)の青い花が心細げに揺れて。

雑木林(ぞうきばやし)の向こうに、不気味な荒(あば)ら屋(や)が建っているのが目に入り、娘はなんだか泣きたくなった。

「ここは……どの辺りかしら」

小声で呟き、隣を見て、娘はいっそう不安になった。

――さっきまで、あんなに優しく微笑んでいたのに、どうして怖い顔をしているの――

ひゅうっと、風が吹き過ぎた。

娘は華奢な肩を摑まれ、突き飛ばされた。

繊細に見えたその人の力は、強かった。

「きゃっ」

小さな悲鳴を上げて、娘は尻もちをついた。

すらりと伸びた漆黒の影が、娘に覆い被さる。

娘は鳩尾を思い切り蹴られ、気を失ってしまった。

その後に続いたおぞましいことをも思い出し、娘は総毛立ちそうになる。

ちく、ちく。

激しい痛みに叫びそうになった時、どうしてか、ふと楽になった。

娘の額には玉の汗が吹き出している。

再び意識が遠のいていく中、娘は甘い囁き(ささや)を聞いた。

「怖がることはない。……もっと美しくなるには、苦しみを堪(こら)えることも大切なんだよ」

冷たい手で頰(ほお)を撫(な)でられ、娘は目を閉じた。

第一話　秋刀魚(さんま)飯(めし)で〆まんさ

一

長月(九月)九日、重陽の節句の夜。木暮が同輩の桂右近と、岡っ引きの忠吾を連れて〈はないちもんめ〉を訪れた。木暮小五郎は北町奉行所に勤める同心である。

「あら、いらっしゃいませ」

女将であるお市が笑みを浮かべ、三人を座敷に通す。

紺色の縞の着物を粋に着こなしたお市は、姉御肌でさっぱりとした気性だが、三十五歳の熟れた色香も持ち合わせている。その美貌と艶やかさに惹かれて通ってくる男たちも多かった。

「今宵も繁盛してるじゃねえか」

「おかげさまで。皆様、菊酒を呑みにきてくださったの」

お市に見詰められ、木暮は顔をほころばせる。鼻の下が伸び、締まりのない顔がいっそうだらしなくなるが、それも仕方がない。お市は胸もお尻も優しさが詰まっているようにふっくらとしていて、女らしいふくよかさに満ちているからだ。

四十二歳になる木暮も、お市を目当てに通ってくる客の一人だった。

「では俺たちもまずは菊酒をもらうか」

「はい。ただいま」

お市が板場へと行くと、木暮たちは店を眺めて安堵の息をついた。

「やっぱりここは落ち着くな」

木暮が言うと、桂も忠吾も大きく頷く。

桂右近は、木暮とは違ってきりりとした二枚目だ。長身で端整な顔立ちで、仕事もそつなくこなして優秀。しかし……木暮より二つ年下というのに非常に薄毛であり、そのことをとても気に掛け、付鬢（付け毛）をしている。禿げを巧く誤魔化せたと澄まし顔だが、そう思っているのは本人だけで、木暮を始め周りの者たちは皆気づいていた。

岡っ引きの忠吾は木暮に忠実ないかつい大男で腕っぷしも強いが、睫毛が妙に長いのがなんとも言えない。

〈はないちもんめ〉は、八丁堀の旦那たちの役宅近くの北紺屋町にあり、与力や同心、岡っ引きたちの溜まり場にもなっている。店はなかなかの広さで、座敷は屏風で仕切られており、落ち着いて料理を楽しむことが出来た。昼も営んでいるが、夜には酒も出し、お市を始め、大女将のお紋、見習い娘のお花たちが酌をしてくれることもある。お紋はお市の母親で、お花はお市の娘であり、〈はないちもんめ〉は女三代で営んでいるのだ。

寛政九年（一七九七）にお紋が亡夫の多喜三と始めた店なので、文政五年（一八二二）の今では、既に創業二十五年である。気さくで明るく楽しい店は、今宵も賑わっていた。

「お待ちどお」

お市がにこやかに菊酒を運んでくると、三人の男たちは菊の花が浮かんだ盃を合わせ、ぐっと呑んだ。

「いいねえ。菊の仄かな香りが、口を清めてくれるようだ」

「喉越しが一段と良く感じます」

「旦那たちと一緒だと、酒もいっそう旨いですぜ」

満足げな笑みを浮かべる三人に、お市はお通しを出した。

「〝滑子の柚子びたし〟です。どうぞ」

小鉢を覗き込み、三人とも舌舐めずりする。

「うむ。柚子の香りが実によい」

「上に載っているのは柚子の皮ですか？」

「はい。青柚子の皮です。滑子を始め、茸(きのこ)と柚子って相性がいいんですよ。召し上がってみてください」

「ほう。では早速(さっそく)」

三人は箸(はし)を持ち、つるつると滑子を食(は)む。醤油(しょうゆ)と柚子の搾(しぼ)り汁が絡(から)み合い、喉越しの良い爽(さわ)やかな味わいに、三人は舌鼓(したつづみ)を打った。

「いいねえ、酒が進む」

お市はやんわりと笑み、空(から)になった盃に酒を注(つ)ぐ。忠吾は二口ほどでお通しを食べ終えてしまった。桂も柚子の風味を堪能(たんのう)し、姿勢を正したまま、菊酒をくっと呑み干す。

「こちらに伺(うかが)うと、仕事の疲れも癒(いや)されます」

「本当になあ。世知辛(せちがら)い世でも、憩(いこ)いの場だよなあ」

木暮がしみじみしていると、今度は大女将のお紋が次の料理と酒を運んできた。馴染(なじ)みの相手をしていたのだが、その四人連れが帰り、ようやく手が空いたのだ。

お紋は五十四歳。白髪交じりで前歯が少し欠けており、お腹はぼてっとしていて顔もおかちめんこだが、なんとも魅力のある女で、多くの客に慕われている。そんなお紋は、銀鼠色の市松模様の着物を洒落た感じに着こなしていた。

「あら旦那方、嬉しいこと言ってくれるじゃない。〝秋刀魚の生姜煮〟を持ってきたよ。味わってね」

煮魚のコクのある匂いを吸い込み、木暮たちは目を細めた。

「醬油と味醂と生姜が合わさった匂いってのは、どうしてこうもそそるのだろう。……では」

かぶりつくと、脂の乗った秋刀魚が口の中で蕩ける。嚙み締めるとじゅわっとした汁が溢れて、三人は恍惚とした。暫し言葉も忘れ、煮魚を味わう。秋刀魚を食べては酒を呑み、を繰り返す。あっという間に平らげ、皿に残った汁まで啜って、木暮はようやく言葉を発した。

「くーっ、旨えなあ。堪らんわ」

桂も忠吾も、大きく頷く。酔いが廻ってきたのか、忠吾の目は心なしかとろんとし始めていた。桂がお紋に訊ねた。

「秋刀魚は骨が多いですが、こちらの料理は骨を感じないほど軟らかくて驚きました。よく煮込めば軟らかくなるのですか？」

「そうだね、よく煮るって言っても四半刻（三十分）ぐらいかね。煮る時に、酢を使うのがミソなんだよ。醬油と味醂と生姜のほかに酢も入れて煮てるんだ」

「なるほど、酢ですか！　どうりで何かもう一つ、隠し味があるように感じました」

「こんなに骨が軟らかい秋刀魚、あっしも初めて食べやした」

忠吾も感心している。木暮が唸った。

「さすがは大女将。安い秋刀魚を仕入れて、板前に巧く料理させ、多くの人に食べてもらって儲けようって魂胆だな。こないだの鮪といい、この秋刀魚といい、いいとこに目をつけるじゃねえか」

にやりとする木暮に、お紋は欠けた前歯を見せて笑った。

「伊達に『遣り手婆さん』って呼ばれてる、このお紋さんじゃないだろ」

すると屛風の裏からお花が顔をぬっと出し、口を挟んだ。

「『遣り手婆さん』じゃなくて、『遣り手婆あ』って呼ばれてんだろ」

木暮たちが「そのとおり」と笑うも、お市がぴしゃりと窘めた。

「お花、ほかのお客様のお相手をしながら、なんですか！　それに言葉遣いを丁寧にしなさいと何度言えば分かるのっ？」

「はあい。すみません」

気の抜けた返事をしてお花が首を引っ込めると、相手の客が声を上げた。

「言葉遣いなんて気にしないでいいよ！　女将、お花ちゃんを怒らないであげて。こちとら、お花ちゃんと大女将の丁々発止を楽しみにしてたりもするからさ」

客は日本橋の魚河岸で働く新平という男で、威勢のよいお花を目当てに〈はないちもんめ〉に通ってきている。それゆえお花の言動には甘いのだ。新平に言われてお市が黙ってしまうと、お花が得意げに再び顔を覗かせた。

「ほらね？　あたいのこういうお俠なところがいいっていう、新平ちゃんみたいな奇特なお客もいるんだからさ。まあ、大目に見てよ！」

「奇特って……酷えな」

お花と新平がけたたましい笑い声を立てる。今度はお市が唇を尖らせた。

「なに生意気な口を利いてるのよ。まったく、もう」

頬を膨らませるお市に、木暮が笑い掛ける。

「まあ、いいじゃねえか。お花ちゃん、元気がよくて頼もしいぜ。そういう年頃なんだよ」

「そうさ。お市、あんただってお花ぐらいの頃は、憎ったらしかったよお。口答えばっかりしてさ」

「あら、そうだったかしら。でも私は、お花みたいに口は悪くなかったはずよ」

「いんや、悪かった！　お前、私のこと『妖怪狸』って言ったじゃないか」

「そ、そんなこと言ってません！」

お市は真っ赤になって反論するも、お紋は畳み掛けた。

「いや、言ったね。お前に憶えがなくとも、私にゃあるもの。傷ついたんだよ、娘にそんなきつい言葉を吐かれてね」

「そ、そんなこと言うなら、お母さんだって私に『お前は頭が悪そうに見える』ってよく言ってたじゃない！」

お紋は潔く頷いた。

「ああ、言ったさ。それは私だって憶えてるよ。お前は胸が大きいからそう見える、ってね。忠告したまでさ」

「『男にだらしなさそうに見える』とも言ったわ！　傷ついたのよ、私だって」

悔しかったことを思い出し、お市が声を震わせる。しかし、お紋は悪びれもしない。

「だって本当にそう見えたんだもの。……まあ、今でも見えなくもないけどねえ」

「それが実の母親が言うことっ？」

客の前でやり込められ、お市は恥ずかしくて頬を紅潮させる。笑いを嚙み殺しながら、木暮が仲裁に入った。

「まあまあ、二人とも、その辺で。あんたたちの遣り取りは面白いが、女将がちと可哀相だわ。大女将も少しは手加減してやれよ、いくら本当のことだからといっても」

「酷いっ！」

お市は再び金切り声を上げる。桂と忠吾、そして屛風の隣のお花と新平もげらげら笑っていた。

十七歳のお花は色黒で胸もお尻もぺったんこなので、牛蒡のようだとお紋にからかわれている。しかしながら、ちょっと上向きの鼻とぎょろっとした目がなかなか愛らしい。

少し前までは親の言うことも聞かず、矢場に入り浸って家に帰ってこないこともしばしばで、手がつけられないほどのお俠だったが、この頃は落ち着いてきて店を手伝っている。そんなお花には、黄蘗色の小紋の着物がよく似合う。若さと肌の色とが相俟って、いっそう潑剌として見えるからだ。

　酌をしてくれるお花に、新平が言った。

「俺も何か秋刀魚の料理が食いてえな。持ってきてよ」

「あいよ。ちょっと待っててね」

　立ち上がるお花に、木暮も声を掛けた。

「秋刀魚の料理、俺たちにも追加で頼む」

　お花は「あいよ！」と元気よく答え、板場へと行った。

　行灯の明かりの中、木暮たちは酔いも廻って上機嫌だ。

「この菊酒、喉を転がるように滑っていくんで、いくらでも吞めますわ！」

「忠ちゃん、豪快に吞むねえ。痺れるよ」

　お紋に酌をされてぐいぐい吞み干す忠吾を見やり、木暮は顔を少し顰めた。

「おい、大女将。そいつにはあまり吞ませるな」

「あらいいじゃないの！　忠ちゃんは旦那たちのためにいつも頑張ってんだから、酒ぐらい吞ませておやりよ」

お紋は木暮を見てにやにやと笑う。その横で、お市も含み笑いをしている。木暮は大きく咳払いをした。

少し経って、お花が料理を持ってきた。

「お待ちどお。〝秋刀魚の天麩羅〟だよ。塩を少々振って、どうぞ」

揚げたての天麩羅の芳ばしい香りに、木暮たちは唾を呑む。秋刀魚を大葉で包んで揚げている。桂と忠吾は早速箸を伸ばし、熱々のそれにかぶりついた。

「はふっ、はふ。……くうう、旨いっ！」

嚙み締め、吞み込み、恍惚の笑みを浮かべる。桂は大きく頷いた。

「大葉の爽やかな味わいが、脂っぽさをよい加減に中和しているのですね。秋刀魚と大葉は実によく合います」

「お酒が進んで……堪らないっす」

忠吾は目をとろんとさせ、長い睫毛を瞬かせる。木暮はお市に頼んだ。

「これは塩でもいいだろうが、ほら、あれだ！　女将、あれを持ってきてくれ」

お市はにっこりした。

「はい、ただいま。少々お待ちくださいね」

お市は豊かなお尻を振りながら板場へと行き、小さな椀を持って戻ってきた。

椀には、香り高い、澄んだ液が注がれていた。

「これよ、これ」

木暮は目尻を垂らし、秋刀魚の天麩羅をその液につけて頬張った。かりっ、ふわっ。板前の目九蔵(めくぞう)が揚げる天麩羅は、味も歯応(はごた)えも絶妙である。木暮は味わい、呑み込み、目を細めた。

「うむ……最高だ」

お市とお紋は微笑(ほほえ)み合う。桂が木暮に訊ねた。

「その椀に入っているのは、〝煎り酒(いりざけ)〟ですか?」

「そのとおり。俺は、天麩羅は、この煎り酒につけて食べるのが一番と思っている。秋刀魚の天麩羅にも実に合う。秋刀魚と大葉の味の調べに、梅が加わるのだ。これが旨くない訳がなかろう。脂の乗り切った秋刀魚に、さっぱりとした大葉と梅が合わさって、極上の味わいだ」

夢中で食べる木暮を眺めながら、桂と忠吾はごくりと喉を鳴らす。お市は二人にも、煎り酒の入った椀を出した。

「木暮の旦那の仰(おっしゃ)るとおり、天麩羅にもよく合うんですよ。召し上がってみてください」

お市に微笑まれ、桂と忠吾は「それでは」と箸を伸ばす。煎り酒とは、酒に梅干しと塩と鰹節を加えて煮詰めたものだ。室町時代から長らく味付けの主流だったが、江戸時代に濃口醬油が生まれてからは押され気味である。しかしその美味しさは通好みであり、「天麩羅には醬油や塩もよいが、やはり煎り酒が一番」と言って譲らない木暮のような者もいるのだ。

桂と忠吾も秋刀魚の天麩羅に煎り酒をつけて口に運び、目を見開いた。

「こ、これはえも言われぬ……」

言葉すら失い、はふはふと頰張る。

「飯が欲しくなるな。持ってきてくれ。それと、あの味噌汁も！」

木暮に言われ、お市は「はい、ただいま」と再び板場へと行き、ほかほかの御飯と熱々の味噌汁を運んできた。

三人の男たちは、天麩羅で御飯を勢いよく搔っ込み、ずずっと味噌汁を啜る。

忠吾が声を上げた。

「うおっ、これは旨い！　大根のほかに、梅干しと鰹節が入ってらあ！」

「梅干し入りの味噌汁って初めて飲みましたが、こんなにも良い味なんですね。驚きです」

桂も目を丸くする。お紋とお市はにっこり頷いた。

「煎り酒に使った梅干しと鰹節を、捨てずに味噌汁に入れたんだよ。そうすれば無駄なく使えて、おまけに美味しいだろ？」

「煎り酒を作る時に煮込んでいるから、梅干しの塩っ気が抜けているのよ。だから御味噌汁に入れても、塩っぱ過ぎずにいい感じになるでしょう」

「鰹節も利いてるねえ。堪らん」

「鰹節が入っている味噌汁がこんなに味わい深いとは」

男三人、味噌汁に相好を崩す。お紋がけらけらと笑った。

「鰹節で出汁を取るだけってのは勿体ないさ。入れたまんまで、具にしたってこんなに美味しいんだからね。うちは何一つ無駄にしないさ。梅干しだって鰹節だって何度でも活用するよ、旨味が出尽くすまでね！」

「さすがは大女将、しっかりしていらっしゃいます」

「これではあっしらも、骨までしゃぶられちまいそうですね」

「違えねえ」

男たちは笑いながら、あっという間に御飯と味噌汁も平らげてしまった。

「ああ、食った食った」

楊枝を銜えて腹をさすりつつも、三人は酒を呑むことを止めない。

「いやあ、やはりこの店はいいなあ。料理も酒も旨くて、癒される。日頃の憂さも晴れるわ」

木暮の言葉に、桂と忠吾も頷く。

「まことに。気懸かりなことを、一刻でも忘れることが出来ます」

「そう言ってくれると嬉しいよ。仕事、色々たいへんだろうからさ。ここで和んでいってね」

お紋とお市に酌をされ、木暮たちは溜息をついた。

「また上からがみがみ言われてんだよ。町娘たちが連続して神隠しに遭ってるの、知ってるだろ？」

「ええ、瓦版でも騒がれてるわよね」

「うむ。二月ほど前から続けて三人いなくなっていて、探索しているんだが、杳として行方が知れねえんだ。その三人に共通しているのは、皆そこそこの商家の娘たちで、歳の頃は十五、六。器量も良いということだ。……やはり、人攫いに遭って、どこかに売り飛ばされちまったのかなあ」

「まあ」

お市もお紋も顔を顰める。だいぶ酒が廻った忠吾が、軽く吃逆しつつ言った。

「それであたし……いや、あっし、岡場所なども当たってみてるんですが、まだ見つけられておりやせん。店も多いですからね。深川などは特に」

「吉原を探ろうとすれば、いっそう厄介です。まあ、もう御府内にはいないかもしれませんが。どこかほかの国に連れていかれたとしたら、そう易々とは見つけられないでしょう」

桂は忠吾と違って少しも乱れず、姿勢を正したまま呑んでいる。時折こめかみの辺りを手でそっと押さえるのは、付髷がずれるのをさりげなく直しているからだ。付髷というのはずれやすく、桂も前に一度ずるっといきそうになり、それを見て噴き出しそうになったお花のお尻をお紋が思いきり抓って止めたことがある。顔を真っ赤にして必死で笑いを堪えるお花の姿は、なかなか健気なものだった。

「勾引かされて売り飛ばされたとして、同じ下手人なのかね」

お紋が訊ねると、木暮は眉根を寄せた。

「うむ。俺たちはそう見ている。行方が分からなくなった三人は、京橋、神田、本所と住んでいたところはばらばらだが、それほど離れていない。一人目は京橋の扇屋の娘、二人目は神田の鋳掛屋の娘、三人目は本所の菓子屋の娘。そのうちの一人は縁談もあったそうだ。皆、琴や踊りの稽古の帰りや、下女が目を離した隙などにいなくなっている。そこそこ儲かっている商家の娘たちにも拘らず、身代金を要求されていない。共通することが多いのだ。下手人には仲間がいると思われるが、もしや単独で事に及んでいるのかもしれん」

「一人でやるほうが、意外に見つかり難かったりするのです。手掛かりが掴めず、こちらも困っているという訳です」

「上の奴ら、俺たちの気も知らず、言いたい放題言いやがってよ。『まだ解決出来ないのか!』って怒っちまって。なら、お前らが捕まえてみろってんだ!」

愚痴をこぼす木暮に、お市は「お疲れさま」と笑顔で酌をする。お市の女らしいふくよかさに、木暮はいつも癒してもらっているのだ。

するとすっかり酒が廻った忠吾が、木暮をじっと見詰め、唇を嚙んだ。

「あたしだって……悔しいのよ！　田之倉なんて、あんな無能な奴に木暮様が怒られるなんてさ。なによ、筆頭同心だからって威張っちゃって。莫迦じゃないの、あの男！　うん、もう、こうなったらあたし、意地でも頑張って探し出してみせるわ！　木暮様のた・め・に……。ね？」

大男の忠吾の上目遣いに、木暮が怯む。

「う、うむ。頼むぞ、忠吾。期待しておる」

「はい。きっとお役に立ってみせます」

忠吾は妙に長い睫毛を瞬かせながら、木暮にそっと擦り寄るも、木暮はさっと身を退く。そんな二人を眺め、お紋は笑いを嚙み殺している。木暮は——だから忠吾にあまり呑ませるなと言ったじゃねえか——と顰めっ面で文句を垂れつつ、お紋を睨んだ。

この忠吾、あちらの気があって、実は木暮に〝ほの字〟なのだ。普段はそれを隠しているのだが、酒が廻ると熱い思いが迸ってしまい、時に暴走することがある。

屛風の隣のお花も「出たよ、『木暮様』が」と言って、客の新平と一緒にくっくっと笑っている。忠吾が木暮に惚れているのは、この店では周知の事実だ。まあ、それがゆえに、忠吾は木暮にとって実に忠実な手下という訳である。

忠吾がくねくねし始めたので潮時と思ったのだろう、木暮が「勘定を頼む」とお紋に告げ、三人は帰っていった。

少し経って新平も「朝早いから」と帰ったのだが、それから数名の客が菊酒を呑みに訪れたので、いつもより少し遅くに店を閉めた。

「目九蔵さん、秋刀魚の料理、とても評判良かったよ。ありがとね」

着替えを済ませた板前の目九蔵に、お紋が労いの言葉を掛ける。

「そう仰っていただけると嬉しいですわ」

目九蔵はいつものように丁寧に頭を下げ、帰っていった。六十一歳の目九蔵は、京出身の寡黙な男だ。七年前、病で亡くなったお市の夫の後任として〈はないちもんめ〉の板前になった。京の名店〈山源〉の紹介で雇うことになったのだが、目九蔵の詳しい素性はお市たちもよく知らない。しかしながら腕はすこぶる良いし、とても真面目なので、目九蔵は信頼を得ていた。

「お疲れさま。ああ、今日もよく働いた」

お紋は自分で自分の肩を叩き、欠伸をする。お市は笑みを浮かべ、お紋とお花に盃を差し出した。

「二階に上がる前に、どう？　私たちも一杯」

「あら、いいじゃない」

「おっ母さん、ほんとに気が利くね」

二人は菊の花が浮かんだ盃を摑んでぐっと吞み、ふう、と息をついて目を細めた。

「生き返るようだ。ほら、あんたも吞みなよ」

お紋に勧められてお市も菊酒を啜り、吐息を漏らして「美味しいわあ」とにっこりした。

店を閉めた後、祖母・母・娘で吞む酒は、格別の味だ。

「今日も賑やかだったね。木暮の旦那も面白い人だけれど、桂の旦那も、忠吾の兄いも実に愉快な人たちだよね」

お花は膝を立てて酒を吞み、鯣を齧る。お市が「もっと行儀よくなさい」と注意するも、耳に入らぬようだ。お紋はお花の鯣を横取りし、欠けた前歯でゆっくりとしゃぶる。

「忠ちゃんって、酒が入ると本当にくねくねし始めるよねえ。〝日暮〟の旦那が嫌な顔してるのを見るのが愉しくてね、つい忠ちゃんに酒を吞ませちゃうんだ」

鯣をくちゃくちゃやりながら、お紋は嬉々とする。ちなみに木暮を日暮と呼んでからかうのは、木暮の外見がぱっとせず、上役にがみがみ言われ女房にぶつぶつ言われることが多くて、実に「日暮れている」ように見えるからだ。

「忠吾の兄いのくねくねも面白いけどさ、あたい、桂の旦那の澄ました顔見ると、笑いそうになっちまうんだよね。付鬢なのに、って」

「お花、失礼なことを言うんじゃないの。本当にあんたって子は」

お市が溜息をつくも、お花は構わず続ける。

「言っとくけどさ、あたい、禿げが嫌いって訳じゃないんだよ、決して！　禿げ頭を見ると、息を吹き掛けてぴかぴかに磨いてあげたくなるぐらいさ」

「確かに磨き上げた禿げ頭には、えも言われぬ魅力があるよね」

お紋が頷く。

「そうだろう？　潔い禿げ頭ってのは、カッコいいもんなんだよ！　……ただ、桂の旦那の場合はさ、付鬢っていうのがいじらしいというか、いじましいというかさ」

「仕方ないじゃないの。武士の髪の毛がなくなったら、髷が結えなくなるのだもの。そしたらお仕事だって廃業よ。付鬢が命綱なのに、笑ったりして」

お市に睨まれ、お花は唇を尖らせる。

「別に悪気がある訳じゃないよ。なんていうか、付鬢しているいじらしさが、可愛いっていうかさ。そして皆にバレてるのに、自分ではまったくバレていないと思っているであろうところがさ……面白いんだよね。でもいい人だよね、桂の旦那。好きだよ」

しれっと言って、お花は鯣を嚙む。今度はお紋が孫を睨んだ。

「なにが『好きだよ』だ。適当なこと言って。お前、前に桂の旦那の付髪が落ちそうになったの見て、噴きそうになっただろ」

「あん時は婆ちゃんに尻を抓られて、痛かったよ！　でも愉快だったんだから仕方がないさ。鬘が落下した、って。『鬘が落下』って、面白くないかい？　ほら、上から読んでも『かつらがらっか』、下から読んでも『かつらがらっか』。桂の旦那見ると、思い出すんだよねえ、その回文を！」

げらげら笑う娘に、お市はついに怒った。

「もう、お客様に対して、なんてことを言うのっ！　莫迦なことばかり口にしてないで、少しは反省しなさい。貴女、仮にもこの店の見習いなのよっ！」

「はあい。……頭冷やして、もう寝ます。すみませんでした」

お花は母親に向かってぺこりと頭を下げ、肩を竦めてさっさと二階へ上がる。目九蔵が作っておいてくれた、ほぐした秋刀魚がぎゅっと詰まったおむすびを持っていくことは忘れずに。

母親と二人きりになり、お市は再び大きな溜息をついた。

「先が思いやられるわ。あの子、本当に大丈夫かしら」

「大丈夫だろ。私だって若い頃から結構ずけずけ物を言っていたけど、それでもありがたいことにお客はついてきてくれたからね。あの子は私に似てるんだよ。莫迦なことばかり言ってるようで、お客にもさりげなく気を遣ってるし、大丈夫さ」

鰯をようやく呑み込み、お紋は菊酒を啜って笑みを浮かべる。そして「あんたも食べるかい」と、鰯を娘に渡した。

「ありがと」

お市はそれを齧り、菊酒を少し呑んで、また齧った。

「そうだといいんだけれどね。……でも」

お市は鰯をじっと見詰め、言った。

「『かつらがらっか』って、ちょっと面白いわね」

「上から読んでも下から読んでも、かい」

お紋とお市は顔を見合わせ、くっくっと笑い始め、やがてけたたましくなる。

笑い声が響いてきて、お花は襖(ふすま)を開けて階段の下を眺め、おむすびを頬張ったまま怪訝そうに首を傾げた。

〈はないちもんめ〉の創業者であり、お紋の夫だった多喜三が病で逝ったのは、今から十九年前だ。

　多喜三は、お紋が奉公していた料理屋の板前で、惚れ合って夫婦になった。所帯を持ち、義母であるお花も一緒に暮らし始めた。お紋と多喜三は懸命に働き、念願の店を持った時には、娘のお市は十歳になっていた。

　多喜三は店の名を、母親・娘・妻の名を繋げ、語呂がいいものをと〈はないちもんめ〉にした。「一匁の花のように素朴で飾り気なく、でも、皆を和ますことが出来る、そんな店にしたい」との思いも籠めて。

　仕事は順調で、皆、仲良く暮らしていたが、二年後にお花は病でこの世を去った。その四年後には多喜三が心ノ臓の発作で呆気なく亡くなり、お紋は三十五歳で寡婦となった。その時お市は十六歳で、店を手伝っていたが、まだ所帯を持ってはいなかった。

　お市が夫を持ったのは、一年後の十七歳の時だ。相手は〈はないちもんめ〉で板前として働いていた順也という男で、そのまま一緒に住むようになった。

そしてお市の娘は「花」と名付けられた。先代のお花は明るく穏やかで、とてもよい気性だったので、お紋は義母に敬意を籠めて、孫に同じ名をつけたのだ。

こうして〝はな〟〝いち〟〝もん〟が再び揃った。順也が労咳で亡くなった七年前には目九蔵が板前として店に入ったので、図らずもまさに〈はないちもんめ〉と相成り、多喜三の信条を守りながら今に至っている。

二

日増しに空が高くなっていく秋は、お天道様が昇る刻が少しずつ遅くなっていく。お市たちは朝一番で湯屋へ行った後、市場で目ぼしい食材を仕入れ、稲荷に寄って帰った。

三人で朝餉を作り、それを二階に運んで皆で味わう。御飯、冬瓜の味噌汁、里芋の煮ころがし、冬瓜と柚子の漬物。

漬物で御飯を頬張りながら、お市が目を細める。

「私、この冬瓜と柚子の漬物、もう大好きよ。これだけで御飯いくらでも食べられそう」

「醤油と山葵でちょっと漬けただけなのに、どうしてこんなにいけるんだろうね。浅漬けもいいし、しっかり味を染み込ませても美味しいしね」

お紋は今朝も食欲旺盛で、御飯二杯目だ。お花も細い躰でよく食べ、「漬物だけでいいなら一つもらうよ」と、箸を伸ばしてお市の里芋を掠めた。

「また！　お行儀が悪いんだから」

母親がぶつぶつ言っても、お花はしれっと里芋を頬張る。

「じゃあ、私がお前の漬物をもらっとくわ」

今度はお紋がお花の漬物を掠め取り、さっさと口に入れる。

「なにすんだよ、婆ちゃん！」

孫が怒っても、お紋は知らん顔。はないちもんめたちの、いつもの朝の光景だ。

「ああ、よく食べた。これで元気に一日を始められるよ」

お紋の言葉に、お市とお花も頷く。朝餉の後、三人はお茶を啜って和んだ。

「でもさあ、お母さんの目利きはさすがね。秋刀魚の料理、好評だもの。鮪に続いて、秋刀魚。安い魚を化けさせるのが上手よね、本当に」

お市に褒められ、お紋は少々得意げになる。

「まあ、長いこと店やってるからね。いくら綺麗事言ったって、儲けてなんぼだからさ、こちとら。それでなきゃ、店をやっていけなくなっちまうもの。もちろん金子だけじゃないよ、この世は。でも、儲けることが大切なのは確かだ」

お花は口出しせず、妙に真剣な面持ちで祖母の話を聞いている。お紋は続けた。

「とは言っても、狡して儲けるのはいけないね。そうして儲けた金子は、どうしてかあっという間になくなってしまうんだ。本当に、消えるようにね。不思議なことにさ。……だから、正しく儲けないと！　それには、うちみたいな料理屋だったら、なるべく安くて良い食材を見つけて、それを板前に巧みに料理してもらって、お客を納得させるのが一番の近道だ。『この料理にならお金子を払ってもいい』と思わせることなんだよ。よし、鮪に続いて秋刀魚の料理を当てよう。脈はあるよ」

「うん、あたいも賛成だ！　秋刀魚の料理、大当たりさせよう！」

「そうね、やりましょうよ」

女三人、笑顔で頷き合う。お花が案を述べた。

「鮪の時みたいに、また引き札（散らし）を作って配ろうか？　あたいがやるよ」

「あらお花、頼もしいわ！　あんたはお俠だけれど元気がよいから、引き札を沢山配ってお店の名を広めてくれるものね」

「お花に任せれば安心だ。またお客を一杯連れてきてくれるよ」

母親と祖母に褒められ、お花は照れくさそうに鼻の頭を搔く。

「あたいの取り柄って、元気で丈夫なことぐらいだもんな。こんなあたいでも役に立てるなら、頑張るよ！　で、今度はどんな謳い文句でいく？　引き札になんて書こうか。鮪の時みたいなのがいいかな」

「そうだねえ……」

お紋は腕を組んで少し考え、閃いたように目を瞬かせた。

「そうだ、ほら！『かつらがらっか』だよ！」

お花が目を丸くする。

「それ、あたいが言った回文だろ？　鬘が何か関係あんの、秋刀魚の料理と？」

「ははは、違うよ。回文みたいな文句を考えるんだよ、秋刀魚の料理を広める！　覚えやすくて語呂がいいような」

お市が手を打った。

「ああ、そういうことね。回文みたいな言葉って、確かに独特な調子があって、耳に残るわよね。いいじゃない、それでいきましょうよ！」

「なるほど……。あたいも賛成だけど、秋刀魚の料理を広めるような回文って、どんなのだろう？」

　三人は顔を見合わせる。

「確かに難しいわね。どんな文句を考えればいいのかしら」

「回文ねえ……言ってはみたものの、思ったより難しいかもしれないね。どんなのがいいだろう。……うーん」

　お紋は再び腕を組んで目を瞑(つむ)り、「うーん」と唸り続ける。

「婆ちゃん、厠(かわや)で息んでんじゃないんだからさ」

「まあ、待ちなさいよ。出そうで出ないってとこさ」

「そういう時って、一番嫌よねえ」

　お茶を啜ってお市が頷く。するとお紋が目をぱっと開き、お告げがあったように叫んだ。

「『秋刀魚飯で〆(しめ)まんさ』って、どうだい？『お疲れさま。夜は秋刀魚飯を食べて、一日を〆ましょう』って意味さ」

「『さんまめしでしめまんさ』か。確かに回文になってるけど、語尾の『まんさ』ってどういう意味さ」

「特に意味はないけど、語呂はなかなか良くないかい？　言葉遊びみたいなもんだから、勢いがよければいいと思うんだ」

お市は小声で「秋刀魚飯で〆まんさ、か」と繰り返し、言った。

「そうね……。言葉の勢いはあると思うわ。『まんさ』っていうのも、逆に『なんだろう』と思わせるんじゃないかしら」

お花も口の中でぶつぶつと繰り返し、納得したように頷いた。

「婆ちゃん、冴えてるな。面白いから、その回文を使ってみよう」

「よかったよ、気に入ってもらえて。出すもの出して、すっきりした気分だ」

お紋はげらげらと笑った。

三人は引き札を早速作った。

《一日の〆は〈はないちもんめ〉の旬料理で。秋刀魚飯で〆まんさ》

手書きでまずは五十枚ほど用意し、お花が店の休み刻に往来で配った。

怖い兄さんたちに「誰に断って配ってんだ」と絡まれぬよう、許可札の入った巾着(きんちゃく)を首から下げておく。ちなみにその許可札は、木暮が作ってくれた。

よく晴れた空の下、お花は往来にすっくと立ち、お腹に力を籠めて大きな声を出した。

「北紺屋町の料理屋、〈はないちもんめ〉だよ！　皆さん今日もお疲れさま。一日の〆は是非(ぜひ)〈はないちもんめ〉の秋刀魚料理で。合言葉は『秋刀魚飯で〆まんさ』！」

若いお花の溌剌とした笑顔に、道行く者たちが立ち止まり、引き札を受け取ろうと近寄ってくる。

「秋刀魚飯ねえ。確かに旨そうだな。〈はないちもんめ〉知ってるから、今度行くよ」

「ありがとうございます！　お待ちしてます」

お花がにっこりすると、受け取る者たちも笑顔になる。

「おっ、前も引き札配ってたよね。俺、受け取ったよ。食いにもいった。今度は秋刀魚か、期待してるぜ」

「はい、また是非来てください！」

「私、この前の鮪は苦手で行かなかったんだけど、秋刀魚は大好物なのよ。必ず行くわね」

「ありがとうございます！　絶対にがっかりさせませんよ」

お花の明るさに惹きつけられるかのように人が集まってきて、引き札はどんどんなくなっていく。

「あら、お花ねえちゃん」

「また配ってるのね」

寺子屋帰りのお鈴とお雛が目をぱちぱちさせながら近づいてきた。この二人は水谷町の寺子屋へ通っており、九つでありながら早熟にも、師匠の村城玄之助を巡って恋敵である。しかし普段は仲が良く、つるんでいるのだ。名は体を表わすというように、お鈴は子猫に、お雛は小鳥にどこか似ていた。

「私たちにも一枚ずつちょうだい」

お鈴とお雛に手を出され、お花は渋々渡した。紙代が掛かっているので、なるべく子供にはあげたくないのだ。意地悪ではなく、これも算盤勘定である。

「お父っつぁんやおっ母さんと来てよ。あ、あんたたちのお師匠さんと一緒でもいいよ」

するとお鈴が、ふふ、と含み笑いをした。

「お師匠様に連れていってもらうわ。この引き札、お師匠様にも見せるわね。今度どこかに遊びにいこうって、二人で話していたから」

そしてお鈴は勝ち誇ったようにお雛を見る。お雛は鼻で笑った。

「ふん、夢で見たようなこと言ってんじゃないわよ。いい？ お師匠様はあんたのことなんて女として見てないのよ。だってあんた、ちびっこくて、ちんちくりんじゃない！ 私は胸もお尻も順調に育ってますけど」

今度はお雛が勝ち誇ったような顔をする。お鈴が真っ赤になって言い返した。

「なによ、あんたなんてただの小太りじゃないのよっ！ 順調に育ってるなんて、物は言いようね、まったくっ」

「うるさいわね！ お師匠様にとってあんたは子供だけど、私は女なのよ！ 悔しかったら私みたいに色っぽくなってみなさいよっ」

「なんですって？ 私に色気がないとでも？」

二人の言い合いを聞きながら、お花は噴き出してしまった。「なにを笑ってるの？」と二人がお花を睨む。お花は指で目を擦った。

「だって阿呆みたいなこと言ってんだもん。あのねえ、あんたたち両方とも色気なんかこれっぽっちもないから！ お師匠さんもきっと絶対そう思ってっから！

しかしあんたたちって早熟た餓鬼だよねえ、本当に。末恐ろしいわ」

「酷い言い方ね、お花ねえちゃん」

お鈴とお雛は声を合わせ、頬を膨らませる。

「ほら、行った行った！　まだ引き札が少し残ってるから、配っちまわないとね。仕事の邪魔はしないでよ」

「はあい」

お花は二人を追い払って大きな溜息をつく。しかしすぐに笑顔に戻って、大きな声を出して配り続けた。

引き札がまたも功を奏したのか、語呂の勢いに惹かれてか、秋刀魚飯を求めて〈はないちもんめ〉に多くの客が集まってきた。

「いいねえ、秋の味だ」

「生姜が利いてて、堪らねえ。秋刀魚がごろごろ入ってやがる」

「醤油と味醂と酒、そして鰹出汁で炊き込んでいるのね。芳ばしい匂いが食欲をそそるわ」

「この上に散らした葱が、またいいんだ。秋刀魚の脂っこさを抑えてくれてさ。

何杯でも食えるわ！」

ほくほくの秋刀魚飯に、皆、相好を崩す。

「この秋の合言葉は、『秋刀魚飯で〆まんさ』、これで決まりだね」

皆の満足げな笑顔に、お市たちは胸を撫で下ろす。

——今回もどうやら成功ね——

三人は目配せし、頷き合った。

お花は連日往来に出て、大きな声で秋刀魚飯を広めた。

「おっ、『まんさ』の姉ちゃん、今日も頑張ってるねえ」などと言う者もいて少々恥ずかしくもあったが、お花は張り切っていた。

秋刀魚料理が大好評なのでお紋も機嫌が良く、より良い食材を探すため、じっとしていられないようだ。

「ちょっくら隣町まで足を延ばしてくるよ。安い乾物屋があるって噂を聞いたんでね」

「お母さん、悪いわあ。いつもお買い物お願いしちゃって」

「いいんだよ、食材見つけるの、好きなんだから。任せといてよ」

お紋は欠けた前歯を見せて笑い、店を出ていった。

安いと噂の乾物屋はすぐに見つかり、高野豆腐(こうやどうふ)を多めに仕入れた。いつも仕入れていた豆腐屋が数箇月前に突然値上げをし、それ以来豆腐の料理にあまり力を入れられなくなってしまったのだ。それで豆腐でも、高野豆腐で何か飛び切り美味な料理を作れないかと、お紋は考えている。

ほかに切干大根なども仕入れ、お紋は乾物屋を後にした。

――良い食材が、思ったより安価で手に入った。ありがたいねえ――

気分は上々だ。空はいっそう透き通り、空気はますます澄んでいると感じる。包みを抱え、うきうきと歩いていると、前のほうに小綺麗な料理屋が見えた。〈はないちもんめ〉ほど広くはないが、割と繁盛していることが見て取れる。

店の前に吊るした軒行灯(のきあんどん)には、〈淀処(よどどころ)〉と書かれてあった。〈はないちもんめ〉の天敵である、お淀(よど)が営む店だ。天敵といってもお紋たちは別段相手にしていないのだが、お淀のほうが特にお市を目の敵(かたき)にしていて、色々な嫌がらせを仕掛けてくるのだ。豆腐の急な値上げも、お淀が企(たくら)んだことであった。

お淀は自分と同じく、料理屋の美人女将と称されるお市が気に入らないのだ。お市もお淀を快(こころよ)く思ってはいないが、自分から嫌がらせなどは決してしない。

さっぱり姉御肌のお市と、ねっとり媚び売りのお淀では、水と油、気が合わなくて当然であろう。

――ふん、あの女狐め。引き返して別の道を通って帰りたいところだが、店の様子でも見ていってやろうか――

お紋は堂々とお淀の店に近づく。中に入る気は毛頭ないが、外からでも様子を窺うことは出来るだろうと思いながら。そしてお紋は店の前で、或るものを目にして立ち竦んだ。

お淀の店の戸には紙が貼られていた。その貼り紙を、お紋は何度も読み直した。それには、こんなことが書かれてあった。

《軍鶏飯で〆萌 これが秋の合言葉》

萌とは、萌生姜のことだ。『軍鶏飯を食べて、〆は萌生姜の料理をどうぞ』とでも言いたいのだろう。

――なんだか、とても似てるような気がするねえ。うちの引き札に。回文になっているし――

直立不動で貼り紙をじーっと見詰めるうちに、お紋に怒りが込み上げてきた。お淀の嫌がらせは今に始まったことではない、相手にしないでおこうと思うものの、やはり悔しい。悔しくて仕方がない。

耳を澄ますと、店の中からお淀が発したと思しき甲高い笑い声が聞こえてくる。鼻に掛かった甘えたような声。お市と同じく三十代半ばというのに、いつも桃色の着物を纏っていて、お花など出くわす度にお淀のことを『いつ見ても気持ち悪い女だ』と言っている。

そんな女にあからさまに真似をされたかと思うと、あまりに不愉快で、お紋の手がわなわなと震える。店に入っていって文句を言ってやりたい気分だが、堪えた。

――仕返しは焦らず計画的に、だ――

お紋は大きく深呼吸し、お淀の店の前を離れた。

次の日、お紋は〈淀処〉へ再び赴き、戸を静かに開けて手だけ伸ばして、一寸（約三センチ）ぐらいの大きさの黒い或るものをわさわさと投げ入れた。

戸をそっと閉めると……中からお淀の凄まじい悲鳴が聞こえてきた。皿が割れるような音まで響いてくる。お紋は着物の裾をちょいと摘んで、嬉々として逃げ帰った。

〈はないちもんめ〉に戻り、お紋は肩で息をしながらも満面の笑みで報告した。

「ああ、面白かった！　あの女狐の店の中に油虫（ゴキブリ）を投げ入れてやったら、凄い悲鳴を上げてたわ！　溜飲が下がったよ」

「ええ、お母さん、そんなこと本当にやったの？」

驚くお市に、お紋はにやりとした。

「玩具に決まってんじゃない。玩具の油虫であんなに騒いでくれるなんてありがたいことだよ、まったく！　まあ、大量に投げ入れてやったから、びびったんだろうけどね」

しれっと言う祖母に、お花が「お疲れ」と水を渡す。

「やっぱりあの女、どこか間が抜けてるんだ。でもあたいも聞きたかったな、色呆け女狐の絶叫」

「凄かったよ。次には断末魔の叫びを上げさせてやりたいね」

「もう、お母さんったら」

けらけら笑うお紋を軽く睨みつつ、お市も妙に嬉しそうだ。お花は煎餅を齧って、溜息をついた。

「あーあ、でもさ、婆ちゃんがこんなことばっかやってっから、あたいたち〝三莫迦女〟なんて呼ばれちまうんだ」

「おや、〝三〟莫迦なら、私だけのせいじゃないよ。各々の責任だ」

「けっ。都合のいいことばかり言いやがって」

「〝ずっこけ三人女〟とも呼ばれているみたいね、私たち」

そう言って他人事のようにくすくす笑う母を睨み、お花はいっそう口を尖らせた。

「笑いごとじゃねえよ！〝莫迦〟とか〝ずっこけ〟とか嫌なんだよ、あたいは！どうせならもっとカッコ良く呼んでもらいたいだろ！」

お紋も煎餅を手に取り、孫に訊ねた。

「たとえばどんなふうに呼んでもらいたいんだい？」

「そりゃ……〝〈はないちもんめ〉の三美人〟とか、〝別嬪三人女〟とかさ」

得意げに答える孫に、お紋は大いに笑った。

「ははは、そりゃ無理ってもんだ！歯欠け婆さんに胸なし小僧がいればね」

お花は祖母をぎろっと睨んだ。

「小僧だと？ふざけたこと言ってんじゃねえよ、この金玉婆あ！」

「お生憎様。そんな大層なもん、ぶら下げてないよーだ！」

お紋は孫に向かって赤ん目をする。お花は顔を思い切り顰めた。

「けっ。ぶらぶらぶら下げてたら、捻り潰してやるわ！」

「ほう、よく言った。その目で見て、確かめてみるかい？」

「やめろ！　目が腐るわ」

「ふん。もっとありがたがってほしいもんだね、お紋さんの御開帳を」

「地獄絵さ」

「なにをっ」

「なんだとっ」

煎餅片手に睨み合う二人に、お市が割って入る。

「やめなさいよ、二人とも！　ほらお花、そろそろ引き札を配ってきてちょうだい」

「はいよ」

お花は煎餅を齧りつつ、仏頂面で立ち上がる。孫を横目で見やりながら、お紋は勝手に唄を作って口ずさんだ。

「きんたまごはんは、ごまたんき～」

そして目をぱちぱちと瞬かせた。唄を聞きとがめたお花が立ち止まる。

「……おや？　これも上から読んでも下から読んでも同じだね」

「いやだ、お母さん。確かに回文になってるけれど、それ、どういう意味よ」

「金色の卵を掛けた御飯に胡麻を振ってみるとあまりに美味しくて、それを欲しがって短気にもなっちまうってことさ」

「なるほど、奥が深いわねえ」

お紋のいい加減な説明に、お市は素直に頷く。そんな二人を睨み、お花が声を荒らげた。

「あんまりそんなこと言ってると、今度はあたいたち〝お下劣（げれつ）三人女〟って呼ばれることになっからな！　気をつけてくれよ、おっ母さんも婆ちゃんも！　もっと上品になろうぜ！」

年少のお花に怒られ、お市もお紋も「はい」と肩を竦めた。

三

長月十五日は神田祭だ。公儀公認の祭りで、山車（だし）も出て大いに賑わう。その翌日の夜、お鈴とお雛が通う寺子屋の師匠である村城玄之助が〈はないちもんめ〉

二十五歳の玄之助は精悍で見栄えも良く、お鈴とお雛が恋い焦がれているというのも納得がいく。

「お疲れさま。あの子たちを相手にしていると、たいへんだろうねえ」

お紋に酒を注がれ、玄之助は「ありがたい」と礼を言った。

「確かに気疲れすることもあるが、慣れてきてしまった。所詮は子供のすることと、言うことだ。可愛いものでござる。通っているのは男子のほうが多いので、それで助かっているところもあるが。男子を相手にするほうがやはり楽しいのだ」

「あの年頃の子供って、女子のほうが早熟ているんだよね。男のお師匠さんは、扱い難いと思うよ」

「うむ。そのような気疲れを、この店で癒してもらっているという訳だ」

「あら、そんなこと言ってくれると嬉しいよ！　美味しいもの持ってくるから、ちょっとお待ちくださいね」

お紋は笑みを浮かべ、板場へと行く。三月ほど前に〈はないちもんめ〉で催された《料理かるた会》にお鈴とお雛が参加したことがきっかけで、玄之助もこの店に通ってくるようになった。お紋は玄之助のことを快く思い、玄之助もお紋のことを「亡くなった祖母に似ている」と慕っている。

「はい、お待ちどお」

お紋は湯気の立つ料理を、玄之助に差し出した。皿を眺め、玄之助は大きく息を吸い込んだ。

「なんともそそる匂いだ。……これは秋刀魚ではなくて……」

「太刀魚（たちうお）だよ。〝阿蘭陀膾（おらんだなます）〟っていう料理だ」

「阿蘭陀が関係しているのだろうか？」

「うちの板前曰（いわ）く、阿蘭陀船の船乗りたちから伝わった料理法らしいよ。魚を一旦油で揚げてから酢漬けにする、っていうのは。南蛮漬け（なんばんづけ）ともいうね」

「なるほど。いただいてみよう」

玄之助は阿蘭陀膾を箸で摘み、頬張った。

「ほう。かりっと揚げた太刀魚に、この濃厚な酢と醬油のタレが絡んで、絶品でござる。太刀魚の味が淡泊（たんぱく）なので、タレが非常に利いている。この、酸（す）っぱいところがなんともよろしい」

夢中で頬張る玄之助を眺め、お紋は笑みを浮かべる。

「気に入ってくれてよかったよ。お武家さんは太刀魚を好まないと聞くけれど、こうして食べてみるとなかなか美味しいだろう」

「実に。酒にもよく合う。太刀魚がこれほど旨いとは、それがしも今日まで知らなかった。お紋殿が言うように、魚の名前に、武士の魂である〝太刀〟が含まれるから、食すのを躊躇うのだ。しかし、これほどの味であるならば、そんなことに拘るのは莫迦げているとさえ思えてしまう」

「食わず嫌いってのはあるからね。鮪しかり秋刀魚しかり太刀魚しかり、巷ではあまり人気のない安価で出回っている魚を仕入れて、絶品に化けさせるのがうちの遣り方なんだよ。これも板前の腕あってのものだけどね」

「目九蔵殿の腕も知識も確かに凄いが、お紋殿の目利きあってのこと。いつも舌鼓を打たせてもらえて、まことにありがたい。ほら、一杯」

「あら、ありがとうございます」

玄之助に酒を注がれ、お紋はきゅっと呑み干した。するとお市がやってきて、お紋に声を掛けた。

「〈山源〉の大旦那様がいらっしゃって、『大女将に是非御挨拶したい』と仰っているの。ちょっとお願い出来るかしら」

〈山源〉は京の名店で、近々日本橋にも店を出すため、こうして時折江戸を訪れている。目九蔵は元々そこの板前で、大旦那の紹介で〈はないちもんめ〉に入った。少し離れた座敷では、目九蔵が大旦那に挨拶をしている。

「元気そうやな。気張りや」

大旦那に肩を叩かれ、目九蔵は深々とお辞儀をする。お紋は市松模様の着物の衿を正し、背筋を伸ばした。

「承知したよ。お師匠さん、ちょっと御挨拶してくるね。ごゆっくり召し上がってて」

お紋はそう言って、大旦那の座敷のほうへと向かった。今度はお市が、玄之助へと酌をする。

「今夜はお一人なんですね。八重さん、お寂しいのでは？」

お市に微笑まれ、玄之助は照れくさそうに頭を掻いた。八重とは玄之助の想い人であり、同じく寺子屋の師匠をしている。八重も武家の娘であったが、父親の罪で改易となった後苦労を重ね、病身の母親の世話などで嫁き遅れてしまった。一つ年上の八重を、玄之助はとても大切に思っている。八重は生真面目で心優しく、美しい女であるからだ。

玄之助は酒を呑み、酔いが廻った勢いで答えた。

「八重殿とはよく顔を合わせているので、大丈夫だ。互いに寂しい思いなどはしておらぬ。夕餉にと、八重殿が煮物などをそれがしのところへ持ってきてくれたりもするのだ」

「あら、それはそれは！　いらぬ心配だったようですね。悋気られてしまったわ」

お市が、ふふと笑うと、玄之助の顔が少々赤らんだ。

「い、いや！　別に悋気てなどおらぬ。八重殿はよく気がつく女人でいらっしゃるからな。逆にそれがしが、寺子の親たちからもらった野菜や水菓子（果物）などを八重殿に届けることもある。……八重殿はお母上のお世話もあるので、あまり呼び出すのも悪いと思うのだ」

「でも、八重さんがお留守の時は、長屋の隣の方がお母様の面倒を見てくださるのでしょう？」

「うむ。しかしいつもだと、隣の方に悪いような気がする。それゆえ八重殿の家で、お母上も交えて八重殿の手料理を味わうのが最もよいのだが、それもいつもだと、八重殿にもお母上にも気を遣わせてしまう。悩むところだ」

「何も悩むことなどないではありませんか。八重さんとの仲、とても順調でいらっしゃるわ。お母様も嬉しいのではないかしら、玄之助さんが遊びにきてくださると」

「うむ。八重殿の話だと、それがしがお伺いするようになって、お母上は些か元気になられたそうだ」

「やっぱり！　張り合いが出てこられたのよ」

「そうだとよいのだが……。お母上がお元気になれば、三人で遊びにもいけるからな。先日、八重殿と芝居を観にいってきたのだが、お母上、羨ましそうだったのだ。芝居が好きで、若い頃はよく観にいっていたらしい」

「あら、どんなお芝居を観にいかれたのですか？」

「うむ。旅一座の芝居だ。二月ほど前から両国の小屋に出ており、すこぶる評判が良くて大当たりしているのだ。《助六所縁江戸櫻》を観たのだが、迫力があってとても面白かった。八重殿も喜んでいらした」

　旅一座と聞いて、お市はどきっとした。かつて一夜を共にしたことがある、旅役者の段士郎のことを思い浮かべたのだ。《助六所縁江戸櫻》というのも、親分肌の段士郎を彷彿とさせる。しかしお市は動揺を気取られぬよう、努めて平静を装った。

「そうだったんですか。でも八重さんが《助六所縁江戸櫻》のようなお芝居をお好きって、意外だわ」

「それがしも意外だったが、八重殿はこんなことを仰った。『お芝居も芝居小屋の雰囲気も、怪しくて猥雑で、でもとても男気があって熱気が籠もっていて素敵』と」

「……なるほど。八重さんのような方がそう仰るなんて、よほどの旅一座なのね。私も時間があれば観にいってみようかしら。なんていう一座なのですか？」

「〈かんかん座〉という一座でござる。両国の〈空蟬〉という小屋に出ている。評判が良いので、まだ当分いると思われる」

酌をしようとしたお市の手が震え、徳利を落としそうになる。

――落ち着いて――

そう自分に言い聞かせるも、胸が激しく鼓動する。

お市が〈かんかん座〉の名を忘れる訳がない。段士郎はそこの看板役者だからだ。

無言になってしまったお市を、玄之助が不思議そうに見た。

「どうかなさったか？」

「い、いえ。教えてくださってありがとうございます。……今度、是非、観にいってみますね」

お市は声を微かに掠れさせ、笑顔を作った。

店を閉めた後、お市は自分の部屋で独りになると、大きな溜息をついた。

――段士郎さん、江戸へ戻ってきていたというの――

行灯の明かりのように、お市の心もゆらゆら揺れる。

――二月も前に？　知らなかった……。どうして会いにきてくれないのかしら。『また必ず、江戸に来る。それまで元気でいてくれ』って言ってくれたのに。知らせてくれなかったということは、段士郎さんはもう私のことなど、何とも思っていないのかしら。忘れてしまったのかしら――

そう考えると、お市は〈かんかん座〉に赴きたくても、なんだか恐ろしいような気がして躊躇ってしまう。

本当は段士郎の顔を見たくて堪らないのだが、会いにいく勇気と自信が湧いてこないのだ。

――私は憶えているのに。段士郎さんの声も息遣いも、優しい笑顔も、厚い胸板も。そして逞しい腕……その腕に彫られていた入れ墨も――

しかしお市は、段士郎が凶状持ちであってもそんなことはどうでもよかった。親分肌の段士郎は男らしい温かみに溢れ、それに役者らしい妖しさが加わって、人を惹きつける魅力に満ちていた。

――段士郎さんを好いてる人は、沢山いるわよね。段士郎さんにとっては、私も数多いる女の一人に過ぎなかったのかも――

障子窓をそっと開けると、夜空に幾つもの星が輝いている。今日の夜風は、お市にはやけに冷たく感じられた。

――来月はもう炉開きだものね。これから肌寒くなっていくんだ――

星の光が何故か目に染みて、お市は指でそっと擦った。

――いやだなあ。だから私、莫迦って言われちゃうのよね。仕方ないわ、段士郎さんにとって私とのことは遊びだったとしても。そろそろ忘れてしまったほうがいいのかな。……寂しいけれど――

強がりを言いつつも、段士郎を信じて待っている自分がどこかにいる。熟れた胸元に手を当てると、強い鼓動と、肌の生暖かさが伝わってきて、お市はほうと息をついた。

お市が同い歳の段士郎と一夜を共にしたのは、三年前のことだ。その頃江戸で公演していた段士郎は、旅一座の仲間たちを連れて〈はないちもんめ〉によく食べにきてくれていた。

結ばれたのは、夏の夜だった。その日、お紋は大山詣(おおやままもう)でに行っており、お花は内藤新宿(ないとうしんじゅく)へ遊びにいっていた。お花はその頃お俠の盛りで、ほっつき歩いて、家に帰ってこないことも間々(まま)あったのだ。

ちょうどその日は〈かんかん座〉の江戸での千秋楽で、お市は一人で芝居を観にいった。段士郎は幡随院長兵衛(ばんずいいんちょうべえ)の役を演じていた。俠客(きょうかく)である長兵衛と、親分肌の段士郎が重なり合い、女盛りのお市はときめいた。

お市はその四年前に板前だった夫・順也を労咳で喪(うしな)っており、寡婦であった。段士郎を見詰め続けるうちに、ずっと抑えつけていた熱い思いが溢れ出てきて、お市は躊躇いつつも昂(たかぶ)った。そして舞台が終わった後、段士郎に出合茶屋(であいぢゃや)に誘われ……契(ちぎ)りを結んだのだ。

段士郎はそれからすぐに江戸を離れてしまい、いわゆる行きずりの関係であったが、お市は未だに忘れることが出来ずにいる。心にも躰にも強く残ってしまった段士郎との思い出は、誰にも言うことの出来ない、お市の秘密なのだ。

四

月が皓々と照る晩、お蘭が笹野屋宗左衛門を連れて〈はないちもんめ〉にやってきた。

「まあ、お蘭さん。今日のお召し物も素敵ねえ」

その艶やかさにお市が感嘆すると、お蘭は「ありがとう」と悩ましく笑い、一面に菊模様が描かれた京友禅の袖を揺らした。

「旦那様に見立ててもらったのよ。ねえ？」

匂い立つような美女のお蘭に見詰められ、宗左衛門の鼻の下が伸びる。宗佐衛門は血色の良い顔をさらに赤らめ、笑った。

「いやいや、お市さんに褒めていただけて嬉しいですよ。今度は是非、お市さんにも贈らせていただきたいですな」

「もう、旦那様ったら。綺麗な人には目がないんだからあ」

お蘭は頬を膨らませ、宗左衛門のお尻を抓る。

「い、痛てて っ！　こら、そうヤキモチ焼きなさんな」

「はあい」

　宗左衛門に手を握られ、お蘭は愛らしく微笑んでみせる。お市もつられて笑みを浮かべた。

「まあ、相変わらずお熱いですこと。入口ではなんですから、続きはお座敷でごゆっくりどうぞ」

　そう言ってお市は二人を座敷へと上がらせた。

　お蘭は二十八歳で、宗左衛門の妾である。深川遊女だったところを身請けされ、今では女中付きの妾宅で呑気に暮らしている。宗左衛門は大店の呉服問屋〈笹野屋〉の大旦那で、鶴と亀が描かれた扇子を手に意気揚々と日本橋を闊歩している、貫禄ある御仁だ。この大旦那のおかげで、お蘭はいつも優美な着物を纏っている。すらりとして色白で、色香の漂うお蘭は、〈はないちもんめ〉の常連でもあった。

　お蘭と宗左衛門は座敷で寛ぎながら、酒と料理を味わった。

「これは……太刀魚ですか？　揚げているせいか脂がよく乗っていて、実に旨い」

「梅干しと一緒に煮てるのね！　ちょっと酸っぱくて爽やかで、でもコクもあって、舌が蕩けそうだわ」

〝太刀魚の梅干し煮〟に、宗左衛門もお蘭も目を見開く。お市はにっこりした。

「ありがとうございます。お二人に褒めていただけますと、板前も喜びますわ」

「どうやって作るの？ 教えてもらってそのとおりに作ってみて上手く出来た例がないけれど、参考までに訊きたいわ」

兎のように愛らしい目をぱちぱちさせ、お蘭が訊ねる。お市は素直に教えてあげた。

「まず適度な大きさに切った太刀魚を、酒と醬油を合わせたものに少し漬け、饂飩粉を薄く塗して揚げます。次に出汁と酒と醬油と味醂を合わせ、梅干しを千切って種も一緒に加え、鍋で熱します。煮立ったところに揚げた太刀魚を入れて味が染み込むまで煮て、そこに細く切った葱を加えて更に少し煮て、出来上がりです」

「なるほど。揚げたものを濃い味付けで煮込んでも、梅干しが入るからさっぱりして、どんどん食べられるのね」

「お蘭、今度私にも作っておくれ」

「いいわよ。……でも、旦那様、作ってあげてもいつも言うじゃない。『やっぱり〈はないちもんめ〉で食べたほうが旨いな』って」

　お蘭が睨むと、宗左衛門が慌てた。

「そ、そんな！　お前が作ったのだって旨いよ。旨いけれど……その、味付けの量の加減がどうもな」

「目分量で作ってしまうから、わちき」

　お蘭は悪びれもせずに笑う。お市は手で顔を煽いだ。

「ああ、まことに熱いですわ！　仲がよろしくて羨ましい限りです」

「いやいや、お恥ずかしい。こちらの料理が絶品で、もっといただきたくなりました。お市さん、お替わりを願えますか。それから酒も追加で。お市さんの分の盃も持っていらっしゃい。料理の御礼に、御馳走させていただきたい」

「あら、ありがとうございます。本当によろしいのでしょうか」

　お蘭が、ふふ、と笑った。

「旦那様、お市さんに折り入って頼みたいことがあるんですって。それもあって、御馳走したいんじゃないかしら」

「まあ、そうなのですか。……では少々お待ちください。お替わりとお酒、持って参りますので」

お市は会釈し、板場へと行った。

料理と酒を持って戻ってきたお市に、宗左衛門は酌をし、話を切り出した。

「実は、来月に開かれる《日本橋亥の子祭り》で、或る催しを企てておりまして、是非お市さんにお手伝い願いたいのですよ」

来月、神無月（十月）の初亥の日を〝亥の子〟といい、新穀の収穫を祝う。まだ秋のような日もあるが、暦の上では神無月から冬に入るため、初亥の日は火鉢や炬燵を出す炉開きでもあった。

「どのような催しなのでしょう？」

「ええ。女人たちが、考案した着物の柄・図案を競い合うという催しです。我が〈笹野屋〉が後見となりまして、優勝者の図案は反物にして売り出そうと考えております」

「まあ、さすがは大店のなさることは違いますね！　そのような催し、盛り上がるのではないかしら」

「盛り上げるつもりでおります。〈笹野屋〉の名を更に広めることにもなりますしね」

お蘭は宗左衛門にしな垂れ掛かり、おとなしく頷きながら酌をしている。

宗左衛門は日本橋を活気づけるという名目で大食い大会を開いたり、何かと派手なことを好む男だ。お蘭は宗左衛門の仕事の話には、決して口を挟んだりしない。そのようなところは弁(わきま)えているようだった。

お市は衿を正しながら、感心したように言った。

「御商売に熱心でいらっしゃって、頭が下がりますわ。〈笹野屋〉様ほどの大店でも、常に名を広めることについて考えていらっしゃるなんて」

「そうなのです。商(あきな)いをする上で、広めるといいますのは大切なことですからね。こちらも引き札を配っていらっしゃるのでしょう？　娘さんが頑張っておられると、こいつから聞いております」

宗左衛門はお蘭の美しい額(ひたい)をそっと小突き、酒を少し啜って続けた。

「話を戻しますとね、そのような催しを企てまして図案を応募したところ、多く集まったのです。〈笹野屋〉の手代や下女たちも含め皆で意見を交わして選びまして、最後まで残ったのは四名。その四つの図案については反物にして、既に着物を一枚ずつ誂(あつら)えておるのです」

「楽しみですね！　どんな柄なのか、興味を引かれます」

「興味を持っていただけまして嬉しいです。祭りの当日は日本橋小町(こまち)たちにその着物を纏ってもらい、最後まで残った四名に、その考案した柄についてそれぞれ説明してもらうという流れになると思います」

「それは盛り上がりそうだわ。誰が優勝するか、集まった人たちは皆わくわくするのではないかしら」

お市の言葉に、お蘭も笑顔で頷く。お蘭は〝太刀魚の梅干し煮〟を箸で摘み、宗左衛門の口へと運んだ。宗左衛門は照れもせずにそれを頬張り、ゆっくりと噛み締める。そのような旦那を、お蘭は目を細めて見詰める。二人に当てられ、お市は笑みを浮かべたまま、そっと目を伏せた。

口の中の物を呑み込むと、宗左衛門はまた続けた。

「それで、考案してもらった着物の柄にはお題がありましてね。《食べ物》なんですよ。食べ物が描かれた着物の品評会ということで、お市さんたちのお力添えがほしいと思ったのです」

「まあ、食べ物の柄の着物って、珍しいですね」

お市は目を丸くする。

「新しいものを売り出すことも、商いには大切ですからね。珍しいものには飛びつく人が必ずいるのですよ。優勝した人の着物は大々的に売り出すつもりでおります」

　優勝者には結構な額の賞金も贈られるという。宗左衛門はお市に頭を下げた。

「是非、審査員の一人としてお力添え願いたいのです」

「そんな……私など分不相応のような気がいたしますわ。日本橋の住人でもありませんし」

「いえ、どこに住んでいらっしゃるなどということは関係ないのです。祭りには色々なところから人が集まりますからね。こちらのお店は長い年月営んでいらっしゃいますし、お名前も日本橋まで広まっております。もちろん、料理が美味であることも。それゆえ〈はないちもんめ〉さんがお手伝いくだされば、皆、大喜びでしょう。それにお市さんが審査員として参加してくだされば、華やぎますからな」

「『八丁堀は北紺屋町の美人女将も登場』って、よい伝（宣伝）になると思うわ」

　おとなしくしていたお蘭が、大きな目をくりくりとさせて、ようやく口を挟む。

　お市は躊躇ったが、少し考えて答えた。

「お店の伝になるなら、お引き受けいたしましょうか。折角、声を掛けてくださったのですから」

それは本心であったが、常連のお蘭の顔を立てたいという思いもあった。お市の言葉に、宗左衛門とお蘭は顔をぱっと明るくさせた。

「ありがとうございます、お市さん！　ああ、安心いたしました。お市さんの登場で、またぐっと盛り上がりますよ」

「いえいえ、私は普通のおばさんですから。華やかさは最後まで残った皆さんや日本橋小町さんたちにお任せして、私はあくまで料理屋の女将として、食べ物の柄の着物を真摯に品評させていただきますね」

お市は二人に笑みを返した。

《日本橋亥の子祭り》には、お市だけでなくお紋とお花、目九蔵も招かれることとなった。

宗左衛門の頼みはもう一件あった。

「最後まで残った着物に描かれた食材は、このようなものです。栗、松茸、鯉、柿、等々。そこでお願いなのですが、これらで何か品書きを考えていただけませんでしょうか。当日、品評会の後で、集まった皆さんに是非料理を振る舞いたいのですよ。炊き出しのようなものですね。調理は日本橋の板前たちに頼みますので、品書きを考えていただくだけでありがたいのですが」

「かしこまりました。板前も交え、皆でお品書きを考えてみます」

「ありがとうございます。〈はないちもんめ〉の皆さんのお力添えを得て、大船に乗った気分で祭りの日を迎えられますよ」

するとお紋がぬっと顔を出し、少し欠けた前歯を見せて笑った。

「いえ旦那、私たちに任せて大船に乗った気分になってはいけません。猪牙舟に乗った、ぐらいにしておかないと」

「猪牙舟か、こりゃいいですね！」

「いやだわ、揺れたり猛進したり、安心出来ないってことじゃない」

唇を尖らすお蘭に、お紋が返した。

「それこそが〈はないちもんめ〉なんだよ」

笑い声が響く。お紋がそのようなことを言っても、宗左衛門は安堵したような笑みを浮かべていた。

お市たちは目九蔵も交え、祭りに出す料理の品書きを考え始めた。祭りまで、後十日ほどしかないのだ。

「お祭りには老いも若きも男も女も集まるだろう。皆に気に入ってもらえるような料理を考えたいね」

なんだかんだと、お紋だってやる気なのだ。

「幾つか挙げて、あっちで選んでもらってもいいよね」

「そうでんな。ぱっと思いつくなら、栗だけでも〝栗御飯〟〝栗の煮物〟〝栗の天麩羅〟と色々ありますさかい」

「〝栗御飯〟は入れたいね！　喜ばれると思う」

目九蔵と相談し合う娘を眺め、お市は――お花もしっかりしてきたわ――と心が温もるようだった。

長月晦日（末日）の夜、木暮が一人で〈はないちもんめ〉にやってきた。

「どうしたの？　お疲れ？」

浮かぬ顔の木暮に、お市は酌をする。木暮は溜息混じりで答えた。

「ああ。……ついに出ちまったんだ、神隠し事件の四人目の犠牲者が」

「まあ……」

「今度もいなくなったのは大店の娘だった。それゆえ娘の親からの糾弾が激しくて、奉行所の怠慢を非難された上役が、またぞろ俺らを怒鳴るという有様だ。

『なにをやっておる、しっかりしろ』とな」

「本当にたいへんね。でも……私が言うのもなんだけれど、あまり根詰めないで。お酒を呑む時は楽しく酔いましょうよ」

お市の嫋やかな笑顔につられ、木暮の顔もほころんでいく。藤色の縞の着物を纏ったお市は、凛としながらもいっそう優しげに見えた。

「ありがとよ。女将に励ましてもらうと、和むぜ。疲れも癒えてくる」

「ちょっと待ってて。お料理持ってくるわ」

お市は板場へと行き、皿を手に戻ってきた。

「どうぞ。優しい味わいよ。召し上がれ」

「これは、里芋の煮物か。ここの煮物はほっこりと旨えんだよなあ」

木暮は里芋を頰張り、目を細める。お市が言うように、濃くもなく薄くもなく、穏やかな味わいだ。醬油、酒、味醂と砂糖少々の味付けと、出汁で煮込んでいるのだろう。人参や絹さや、白滝も入って、彩りも美しい。

「こういう煮物を食うとよ、また来たくなっちまうんだよなあ。目九蔵さんが作ってるって分かってんのに、なんだか女将に作ってもらってるような気になっちまうんだ。男ってそんなもんだよなあ。……ん？」

　皿に入っている、厚みのある塊を箸で摘んで、木暮はまじまじと見た。

「これは獣肉か？」

「召し上がってみて」

　お市に微笑まれ、木暮は怪訝な顔で塊を口にした。嚙み締めて目を見開き、呑み込んで声を上げた。

「なんだ、これは！　分厚くて汁がたっぷりで、獣肉のような食べ応えだが、まったく別の物だ！　俺は獣肉は数えるほどしか食ったことがないが、獣肉より遥かに軟らかくて食べやすい。嚙み締める毎に、口の中に旨みのある汁がじゅわじゅわ広がるんだ。むちむちした歯応えといい、癖になっちまうぜ」

　木暮は汁の溢れる塊を、次々に口に放り込む。

「それの正体は、車麩なのよ。大きなお麩。一緒に煮ると、煮汁を吸って膨らんで、獣肉のような見た目と味わいになるの。偽獣肉よね。私はこちらのほうが好きだけれど」

「うむ。これも絶品だ。里芋によく合うではないか、車麩というのは」

「お酒にも合うわよ」

お市に酌をされ、それを啜って木暮は相好を崩す。

「いいねえ……最高だ。舌も胃ノ腑も、癒えること」

「よかった。少しは元気になってくれて」

木暮はお市を見詰め、大きく頷く。〝お麩芋〟の皿を空にし、お腹が落ち着いてくると、木暮は事件の続きを語った。

「前にも少し話したが、いなくなった四人に共通しているのは、十五、六で、割に裕福な家の娘であること、器量良しであることだ。また、皆、芝居を観るのが好きであるということが、聞き込みの結果新たに分かった。親に黙って、芝居小屋などをよく訪れていたらしい。〈中村座〉のような有名どころだけでなく、猥雑な小屋などもね。まあ、誰も、至極生真面目な箱入り娘という訳ではなかったようだな。そこらへんに付け入られたのかもしれん」

「……そ、そうね」

芝居と聞いて、お市の心の中にもやもやとしたものが込み上げたが、木暮には打ち明けなかった。

お市の脳裏に、段士郎の腕に彫られていた、凶状持ちであることを告げる入れ墨がぼんやりと浮かんだ。

第二話　食べ物柄の着物

一

神無月（十月）初亥の日、日本橋は長谷川町の広場で、《日本橋亥の子祭り》が催された。初亥の日は炉開きでもあるが、空は青く澄み渡り、冬の訪れなど少しも感じさせないような陽気だ。広場は集まった人々でごった返した。

新穀の収穫を祝う神輿が担がれ、「せいや！　そいや！」の威勢のよい掛け声とともに男衆が練り歩く。日本橋の大店の手代たちも手伝いにきていて、それぞれの屋号が入った半被を着て張り切っていた。

「わくわくするなあ！　やっぱり祭りっていいよね」

目を輝かせて神輿を眺めているお花に、お紋が言った。

「お前も担いでくれば？　男衆に交ざってても、ちっともおかしくないよ」

「そうかな？　じゃあ、ちっと助っ人してくるか」

お花は着物の裾を捲り上げ、本当に神輿に駆け寄ろうとする。さすがにお市が止めた。

「お花！　私たちは今日、着物の品評会の主催者である笹野屋様にお招きいただいたのよ。少しはお淑やかになさい」

お花は膨れっ面で唇を尖らせた。

「……だって婆ちゃんが煽るようなこと言うから、ついやる気になっちまったんだ」

「まさか本当にその気になるとは思わなかったんだよ。いくらあんたが山猿でも」

「うるせえよ。神輿見てると、あたいの野性の血が騒ぐんだよ」

お花はぶつぶつ言いながらも、神輿に合わせ、「せいや！　そいや！」と声を上げている。

「まったく。この子に淑やかさを求めるほうが無理なようね」

溜息をつくお市に、目九蔵が微笑み掛けた。

「お花さん、元気があってよろしゅう思います。よい娘さんですわ」

いつもは寡黙な板前に娘を褒められ、お市の心が温まる。

「ありがとう目九蔵さん」

「……いえ」

目九蔵は照れくさそうに顔を伏せた。

祭りの目玉である《着物品評会》は九つ半（午後一時）から始まる。その四半刻（三十分）前頃、打ち合わせのため、品評会用の着物を纏った娘たちが裏のほうに集められた。待ち切れぬのか、その様子をわざわざ覗きにいく者もいた。

「凄え豪華な着物を着てたぜ！」などと興奮気味に喋っている。

皆、品評会の後に無料で料理が振る舞われると知っているので、色々な屋台が並んでいても買い食いしている者はあまりいなかった。お腹を空かせて、炊き出しを楽しみにしているのだ。

「あたいたちが考えた料理を祭りで出してもらえるって、やっぱり嬉しいよね」

「笹野屋様、うちの店も紹介してくれるって言ってたものね。これでまた新しいお客さんが見込めるってもんだ」

「ほんま、ありがたいことですわ」

そろそろ始まる刻限となり、お花とお紋と目九蔵は、品評会の舞台に目を向けた。笹野屋宗左衛門の計らいで、三人は人だかりの最前列に陣取っている。群れの中には、お蘭の姿もあった。

始まりを告げる太鼓が打ち鳴らされると、集まった者たちが沸いた。お市を含めた五名の審査員たちが現われ、床几に腰掛ける。雀茶色の縞の着物を粋に着こなしたお市は、やはりいい女で、お花とお紋は笑顔で手を振った。目九蔵も目を細めて見守っている。

次に四名の出品者が現われ、会場はいっそう盛り上がった。皆なかなかの美人で、観衆の誰もが興味津々といったように眺めている。出品者四名が床几に腰を下ろすと、笹野屋宗左衛門が簡単な挨拶を述べた。

「多くの皆様に集まっていただき、たいへん嬉しく思っております。今年はお祭りの一環として、着物の図案の品評会を設けました。優勝された方の図案は反物として仕立て、私ども〈笹野屋〉で是非売り出そうと思っております。華やかな着物を贅沢品などと戒める風潮もありますが、着物とは実に奥が深く、味わい深いものです。その点は料理と一緒でありましょう。そこで図案のお題は《食べ物》とさせていただきました。さて四人の出品者の方々が、どのような食べ物をどのように料理して、着物の美しい柄にしてくださったのか。その腕をたっぷり見せていただきましょう！　また品評会の後、図案に使われた食べ物で作った料理も振る舞われますので、皆様お腹一杯お召し上がりになってお帰りくださいますよう」

宗左衛門が堂々と一礼すると、見物人たちから喝采が起きた。「さすがは〈笹野屋〉の大旦那だ！」「くーっ、やることがでかいぜ」「着物売り出したら絶対買いにいくからね！」。そのような声が広場に響き渡る。お蘭も得意げな顔で、宗左衛門を熱く見詰めている。このような男の妾であることが誇らしいのだろう。

盛り上がる中、宗左衛門は次に審査員を一人ずつ紹介した。その五名はお市のほか、〈はないちもんめ〉の常連でもある板元の大旦那・吉田屋文左衛門、錦絵で話題の茶屋の美人娘・お時、長谷川町の町名主・小杉伝兵衛、人気力士・雷竜だ。茶屋の娘は人気者なのだろう、見物人たちから「お時ちゃん！」と声が掛かり、にこやかに手を振り返している。お花が鼻を鳴らしてお紋に耳打ちした。

「おっ母さんに声が掛からなくて悔しいから、『お市ちゃん！』って叫んでみようか」

「いいよ、そんなことしなくて。若い娘に張り合っているようでみっともないじゃないか。お市も美人なんて言われるけど、いい歳だからねえ。錦絵に描かれるような茶屋の娘じゃ、土俵が違うんだよ」

「それもそうだね。……しっかしあの力士、でっかいなあ！」

「あんなのが裸で取っ組み合うんだもん、相撲って凄い迫力だろうねえ。女は相撲を見てはいけないなんていう決まり、さっさとなくしてほしいよ。でっかい男の取っ組み合い、一度拝んでみたいもんだわ」

「あたいも見てみたい！　あたい、もし男に生まれてたら力士目指したかもな！　張り手とかかますの、愉しそうだもん。ぱーん、ぱーん、って！」

「そうかね。あんたが男だったら鳶とか火消しのほうが向いてんじゃない？　身軽で小さい頃から木登りとか上手かっただろ。本物の猿みたいにさ」

「餓鬼の頃あたいがなかなか帰ってこなくて、婆ちゃんとおっ母さんが焦って捜し回ったら、木のてっぺんにいた、なんてこともあったよね」

「ああ、あん時はたいへんだったよ。木暮の旦那や岡っ引きたちまで巻き込んで捜してもらったんだからさ。あんたお目玉食らって、おっ母さんから拳骨もらったじゃない」

「そうそう、痛かったあ！」

昔のことを思い出して二人でげらげら笑っていると、床几に腰掛けているお市と目が合った。お市は微笑んでいるものの、目が笑っていない。――少しは慎みなさい――と言っているように。お花とお紋はにこやかに手を振った。

宗左衛門は次に、着物の図案を考えて最後の選考まで残った四名を紹介した。

一人目は、お定。二十八歳の造花師で、神田のほうの小柳町に住んでいるという。

二人目は、お豊。二十七歳の人形師で、この近くの堀江町に住んでいるという。

三人目は、お峰。二十六歳のお針子で、〈はないちもんめ〉近くの金六町に住んでいるという。

四人目は、お直。二十九歳の、お定と同じ造花師で、二人は働いている店が一緒だという。お直も神田のほうの多町に住んでいるとのことだった。

ちなみに造花師とは、ちりめんなどで花の模倣品を作る者のことをいう。

日本では奈良時代に既に造花の技術があり、平安時代には金銀糸や色糸で作られた造花があったことが『紫式部日記』などに記述されており、室町時代には〝有職造花〟と呼ばれる絹の造花が生まれた。

江戸時代には、仏壇用の造花を専門に作る者や、宮中の御用造花師も登場したのだ。

四人を眺めながら、今度はお紋がお花に耳打ちした。

「なんだかさあ、お定さんとお直さんの間には火花が散っているように見えないかい？　同じ造花師で仕事場も同じなんて、意識しない訳ないよね。女の戦いか、こりゃ見ものだよ」

　含み笑いをする祖母を、お花は軽く睨(にら)んだ。

「婆ちゃんそういうの好きだよな。あたいは嫌なんだ、女の戦いとかって。阿呆(あほ)くせえや、もっとさっぱりいこうぜ！」

「あんたは女の戦いなんて訳分かんないだろうね。半分以上男だからね」

「おう、金玉見せてやろうか」

「遠慮しとくよ」

　祖母と孫娘の話が嫌でも耳に入り、目九蔵は笑いを堪(こら)えて頬(ほお)をふるふる震わせる。

　会場には出品者の勤め先の主(あるじ)たちも呼ばれていて、応援の声を掛けていた。お豊とお峰の勤め先からはそれぞれ主しか顔を出していなかったが、お定とお直が勤める造花屋からは主と内儀が二人で訪れていた。店から二人、出品者が出ているので、張り切って夫婦で応援にきたようだ。

　喝采を浴びる四人を眺め、お市は別のことを思っていた。

――お定さんだけ、どうして沈んだ顔をしているのかしら。ほかの人たちと違って、元気がないように見えるわ――

お豊もお峰もお直も見物人たちに向かってにこやかに微笑んでいるのに、お定は俯き加減で顔もどことなく強張っているのだ。一人だけ暗い翳を纏っているような雰囲気で、お市はやけにお定のことが気に懸かった。

――どこか躰の具合でも悪いのかしら。顔色も青白いし、随分痩せている……というか、窶れているわ――

ほかの三人の肉付きが良いので、お定がよけいに儚げに見えるのだ。

――それとも緊張しているのかしら？　そうよね、決戦なのですもの。なんだかんだ、皆、負けたくないのでしょうね――

優勝者の図案は売り物として仕立てられ、さらになかなかの額の賞金がもらえるというなら、勝ち残りたくて当然であろう。

全員の紹介が終わると、見物人たちも含め皆にしゃぼん玉が配られた。配ったのは《日本橋小町》と呼ばれる愛らしい娘たちや、手伝いにきていた商家の手代たちだ。日本橋小町たちは〈笹野屋〉の振袖を着せられており、この後の炊き出しの時にも料理を配ることになっていた。

町の更なる繁栄を祈って、集まった皆で青空に向かってしゃぼん玉を吹き上げ、いよいよ品評会の開始だ。沢山のしゃぼん玉が陽の光を浴びて舞い上がる様はとても美しく、皆の気持ちは一段と盛り上がった。

まずはお直が考案した柄の着物が紹介された。その着物を纏っているのも日本橋小町だが、先ほどのお配りをしていた小町たちとはまた別の娘である。

生成り地の着物には、柿と蜜柑、そして南天の赤い実が一面に描かれていた。色鮮やかで水菓子の甘い味わいまで伝わってくるような柄に、見物人たちの間から感嘆の声が上がった。

お直は小町の横に立ち、着物の説明をした。

「この着物の題は《みずみずしき思い出》です。柿も蜜柑も子供の頃から誰もが口にしていて、それゆえこれらの水菓子にまつわる懐かしい思い出を、誰もが持っているのではないでしょうか。このような黄色の水菓子に合うのは赤い実かと思い、南天を交えてみました。南天も馴染み深い植物で、お正月などには欠かせませんので、それぞれに懐かしい思い出があると思います。着る人にも見る人にも、みずみずしい懐かしさを感じさせる着物にしたい……そのような思いを籠めて図案を考えました」

説明が終わると、「素敵だぞ！」という声が掛かり、お直は嬉しそうに礼をした。

お直は背が高く色黒で、目鼻立ちがはっきりとした美人だ。観衆の中にはお直を眩しそうに見詰める者たちも多かった。

その次は、お峰の番だった。お峰は雪のように色白で、そのせいか雀斑が目立つが、愛嬌と色気に満ちている。

お峰が考案した着物の柄にも、見物人たちは感嘆した。薄い緑色の生地に、毬栗や松茸・シメジといった茸類が描かれ、それに紅葉が絡み合っている。お峰は説明した。

「この着物の題は《晩秋の彩》です。暦の上ではもう冬ですが、まだ晩秋といった趣もございます。今の時季に美味しいもの、食べたくなるものを描いてみました。……お分かりになりますか？　所々、徳利と盃も描かれているのです」

「あ、本当だ！」

目を凝らした見物人たちが声を上げる。

「松茸や栗が入った土瓶蒸しなどをいただきますと、やはりお酒がほしくなりますよね。それでお酒も図案に入れてみました」

「いいねえ、その着物を見ているだけで、食べたくなって呑みたくなってくるよ！」

「俺はお峰ちゃんを推すぞ！」

着物というより、愛嬌あるお峰に惹かれた男たちから声が上がり、笑いが起きた。

三番目は、お豊だ。お豊は背が低い割に胸が大きく、目と口もやけに大きい女であった。目は切れ長で少々吊り上がり、気の強さが窺える。

お豊が考案した柄の着物に、見物人たちは「おおっ」とどよめいた。鮮やかな錦鯉が幾つも描かれ、それに若布と海苔が川の流れのように絡んでいる。海苔の分量が多いので、全体が黒地に見え、それゆえ錦鯉の彩が一段と映えるのだ。お豊自身も四人の中で一番派手な印象であり、説明する声も最も大きかった。

「この着物の題は《流水美麗》です。若布と海苔を川に見立て、そこを鯉が昇っていくといった図案を考えました。色合いからいって、闇に浮かぶ川、でしょうか。艶やかさを感じ取っていただけましたら嬉しく思います」

堂々としたお豊に、見物人たちから歓声が上がった。

「綺麗だわ！　着てみたい！」

「迫力あるわねえ。一度でいいから纏ってみたいけれど、私じゃ無理ね」

「海苔と若布を川に見立てるなんざ、粋だねえ」

皆、銘々勝手なことを口にして、品評会を楽しんでいる。昇り鯉の着物には、お花も昂った。

「婆ちゃん、あの着物、カッコいいね！　あたいも着てみたいよ！」

「あんたがあんなの着たら、破落戸に見えちまうよ。やめとき」

「いんや、似合うさ！　ああいうのを着て、片肌脱いで啖呵切ったら、すっきりするぜ！」

「お前は女博徒かい？　料理屋の見習い娘ってこと忘れんじゃないよ」

お紋が孫を睨んでぶつぶつ言っている間に、最後のお定の番となった。

お定が考案した柄の着物は、昇り鯉のそれとは打って変わって華やかな色彩で、見物人たちが騒いだ。薄い水色の生地に、花を象った有平糖が一面に描かれている。有平糖とは、砂糖を煮て作る飴の一種だ。形や彩りに工夫が施されているので、飴細工といってもよいだろう。実際、有平糖のまたの呼び名は〝有平細工〟であった。

着物には、紅・白・紫色の有平糖の花が咲き乱れ、葉を象ったのであろう鶯餅も所々に描かれ、なんとも明るい彩を放っていた。

「これまた可愛らしいわあ！」

見物人たちは目を細め、うっとりと着物を眺める。

考案した柄は明るいものの、お定はやはりどこか暗い面持ちで、説明を始めた。

「この着物の題は《幻の花》です」

小さな声でそう言い、お定はふと口を噤んでしまった。目を伏せたまま黙っているので、見物人たちがざわめき始める。進行役の宗左衛門が声を掛けた。

「素敵な題ですが、どのような意味が籠められているのですかな」

お定はか細い声で答えた。

「はい。……有平糖は口の中で溶けて、すぐに消えてしまいます。その儚い美味しさは、まるで幻のよう。《幻の花》という題には、そのような意味を籠めました」

「なるほど。この美しい柄にとても相応しい題だと思います。御説明ありがとうございました」

お定は「いえ」と、そっと頭を下げた。有平糖や鶯餅の甘やかな匂いすら伝わってくるようで、その着物にお市はうっとりと見入る。だが、お定のことはやはり気懸かりであった。

――顔が真っ青だわ。緊張ゆえか、それとも……――

これで着物のお披露目はすべて終わり、ついに品評ということになった。各審査員が、渡された紙に、それぞれ最も良いと思った着物の考案者の名前を書くのだ。見物人たちも皆、「私はあの着物がよかった」「俺はあれがよかった」などと騒いでいる。お花たちの意見も分かれた。お花は三番目の昇り鯉の着物が、お紋は二番目の晩秋の彩の着物が、目九蔵は一番目の水菓子の柄の着物が気に入ったのだ。

「でも、彩りが最も華やかで、甘い匂いまで漂ってきそうなのは、四番目の《幻の花》でしたな」

目九蔵が言うと、お花とお紋も頷く。一人が四番目の着物を選ばなかったのは、単に「自分が着るには可愛過ぎるから」という理由だった。

審査員たちの意見は、こうであった。町名主の小杉伝兵衛が投票したのは、二番目の《晩秋の彩》。力士の雷竜が投票したのは、三番目の昇り鯉の《流水美麗》。板元の大旦那である吉田屋文左衛門が投票したのは、一番目の水菓子の《みずみずしき思い出》。そしてお市と茶屋娘のお時が投票したのは、四番目の有平糖の《幻の花》。結果、二票を取った、お定が一等となった。

「やっぱりねえ！　女が袖を通してみたいと思う着物だもんね」

「鯉のも綺麗だけど迫力があり過ぎて、着るのはちょっとね。水菓子のと晩秋の彩ってのは、ありがちだし」

「そうそう。有平糖の着物は、色合いといい、鶯餅を葉に見立てているところといい、珍しい感じがよかったね」

「美味しそうだし、香りまで漂ってきそうだった」

見物人たちは納得したように頷いている。それらの意見を耳に挟み、お花は「なるほどねえ」と頷いた。

「あたいは、ああいう可愛らしいのはあんまり好きじゃないけれど、色使いといい柄といい、確かに珍しいや。おっ母さんもそれで選んだのかもね」

「そうかもしれないね。こういう品評会には、目新しいものがいいんだろう」

「どの柄も、それぞれ味があってよろしかったですわ」

お紋と目九蔵も、品評会を堪能したようだった。

優勝したお定には、宗左衛門から賞金の入った包みが渡された。「ありがとうございます」と言うお定の声は消え入りそうなほどに小さく、お市はじっと見やった。

そして——おや？　——と思った。お定を眺める、ほかの出品者たちの目つきと態度だ。お直とお豊は怖い顔つきでお定を睨んでおり、負けて悔しいことがありありと分かる。しかしお峰はにこやかにお定を眺め、祝福しているようであった。

——こういう時に、人柄って著しく表われるものよね。私も気をつけないと——

人の振り見て……と、お市は肩を竦める。品評会は幕を閉じ、お待ちかねの料理が振る舞われることになった。

「押さないでください！　ちゃんと皆様にお配りしますので」

日本橋小町たちが袖を蝶のように翻し、配膳に飛び回る。笹野屋宗左衛門から再び挨拶もあった。

「本日の料理は、着物の図案を前もってお伝えして、北紺屋町の料理屋〈はないちもんめ〉の皆様に考えていただきました。審査員として御活躍くださいました女将のお市さん始め、大女将のお紋さん、見習いのお花さん、板前の目九蔵さんにも本日来ていただいております。皆様、お力添えまことにありがとうございました」

　そう言って宗左衛門がお紋たちのほうへ手を延べると、喝采が起きた。

「〈はないちもんめ〉、行ったことあるよ！」

「俺はまだないけど、今度食いにいくぞ！」

　お紋もお花も目九蔵も、照れつつも嬉しそうにお辞儀して応えた。

「ありがとう！　美味しいもん出すから、絶対来てね！」

　お花が元気よく言うと、「よっしゃあ、行くぞ！」と威勢よく返ってきて、笑い声が起きた。

　料理は、日本橋の料理屋の板前たちが作っていた。〈はないちもんめ〉考案の品書きは、〝栗御飯〟〝海苔で巻いた栗御飯おむすび〟〝鯉こく〟〝若布と柿と蕪の酢和え〟〝松茸とシメジと葱の茸雑炊〟〝鶯餅〟。

　着物の柄に因んだ料理に、集まった人々は歓喜する。

　鯉は上魚で庶民の口にはなかなか入らないので、皆食べたくてうずうずしているようだ。〈はないちもんめ〉でも鯉など滅多に出さないが、食材の費用などもすべて〈笹野屋〉持ちなので、遠慮なく品書きを考えることが出来た。

　青空に、鯉こくの味噌の匂いが、もうもうと立ち上っている。

「堪らないねえ！」「早くちょうだい！」と、皆、小町たちから椀を摑み取っていた。

「この栗御飯、栗がほくほく、御飯はもちもちで、最高！　塩っ気もちょうどいいわ」

「おむすびだと手軽に食えるもんな。ありがてえや。海苔とも合うなあ」

「鯉こくって、おいら初めて食ったけれど、凄え旨えや！　鯉が入った味噌汁なんだね。おっ母さん、おいら嬉しいよ」

「柿の酢和えってあんまり食べたことがないけれど、さっぱりしてていいねえ。みずみずしくて、口直しになるよ。若布や蕪とよく合うじゃないか」

「この茸雑炊、蕩けるような味わいだわ！　静かに優しく胃ノ腑に染み渡っていくよう。こういう料理を毎朝食べられたらなあ」

「俺、甘いものってあまり好きじゃねえが、この鶯餅は旨えや！　ほどほどの甘さで、この黄粉と抹茶が利いてるんだよな。これならいくらでも食えるわ」

皆、満面に笑みを浮かべて料理を頰張る。〈はないちもんめ〉の面々が考えた品書きは、どうやら大好評のようだ。皆の反応を見て、主催者の笹野屋宗左衛門もにこにこ顔だった。

「おっ母さん、お疲れさま」

お花は栗御飯のおむすびを、お市に渡した。

「ありがとう。緊張してお腹空いちゃったわ」

お花は微笑み、おむすびを齧る。お紋も頬張りながら言った。

「なかなか上手に作ってくれてるよ。まあ、私は目九蔵さんのほうがやはり巧いとは思うけれどね」

「私もそう思うけれど、皆さん喜んでくれてるし、よかったわ。ほくほくの笑顔よ、皆さん」

「ああいう顔見てると、こっちまで幸せな気分になるよね」

皆の満足げな顔を眺め、お市たちは気分がよい。しかし……お市はやはりお定のことが気に懸かっていた。

優勝したというのに、お定はやはり沈んでいるように見える。人から離れ、床几に座り、一人でじっとしている。お直とお豊は微笑みながら町名主の小杉伝兵衛と話していたが、時折お定に目をやって、まだ睨んでいる。お峰は力士の雷竜と仲良さそうにしていた。

お定は静かに座っていたが、お峰が雷竜から離れてやってきて、お定に声を掛けた。何を話しているかは分からなかったが、お峰の表情からは、お定を思いやっていることが見て取れる。だがお定は首を振り、「大丈夫」と答えているようだった。お峰は心配そうにしていたが、お定から離れ、再び雷竜のところへと戻った。

――お峰さんは優しい人のようね。あとの二人は態度があからさま過ぎて、少し大人げないわ――

お市は小さな溜息をついた。

料理は大好評で、集まった者たちは皆笑顔で食べ続ける。お定は食欲もあまりないようだったが、小町が運んできたものには少しずつ箸をつけていた。

「はい、どうぞ」

愛らしい小町に茸の雑炊が入った椀を渡され、お定は「ありがとう」と受け取った。それを一口、二口食べながら、きょろきょろと目を動かし、誰かを探しているようだ。そして近くを通った宗左衛門を、お定が呼び止めようとした、その時だった。

「ああっ！　うううっ……」

お定は目を剝き、喉を押さえながら苦しげな形相で突然倒れた。茸の雑炊が入った椀が、地面に転がる。お市は息を呑んだ。

「たいへんだ、優勝者が倒れたぞ！」

突然の事態に、会場は大騒ぎになった。

「どうしたんだろう」

「お定さん、具合が悪そうだったのよ。それで私も気に懸けていたんだけれど」

「確かに妙に青褪めていたよね。優勝した割に嬉しそうじゃないと、私も思っていたんだよ」

「何かの病に罹ってはったんですかな」

〈はないちもんめ〉の面々も慌て、心配を募らせる。

「だ、大丈夫ですか！」

宗左衛門はお定を抱きかかえ、息をしていることを確かめると、大声で叫んだ。

「どなたかお医者様はいらっしゃいませんか！」

騒然としていた皆がしんとなり、顔を見合わせる。すると、「私でよろしければ」と名乗り出る者がいた。固太りで赤ら顔だが、どことなく七福神の布袋尊に似ている五十歳ぐらいの男だ。その男が前に出てお定の脈を取ると、誰かがこんなことを言うのがお紋たちの耳に入った。

「流源先生に診てもらえば安心だ」と。皆の話によると、高槻流源という医者は、近くの富沢町で小さな診療所を開いているという。

流源はお定を抱きかかえて脈のほか鼓動や目なども丁寧に診て、宗左衛門に言った。

「躰が弱っているところに、茸を食べてあたったのかもしれませんな」

「やはり衰弱していたのですね」

「はい。恐らく、心ノ臓が元々丈夫ではなかったのでしょう。……誰か、水を！水を持ってきてくださらんか！」

胃ノ腑の中のものを吐き出させようと思ったのだろう、流源が大声を上げると、皆ざわめいた。するとお定の勤め先の造花屋の内儀が、「大丈夫？ しっかりして」と駆け寄り、お定の手を握った。主は顔を強張らせ、遠巻きに見守っている。

「水、水だとよ！」と騒いでいると、小町の一人が慌てて持ってきた。流源はお定に飲ませようとしたが、なかなか飲み込むことが出来ない。胃ノ腑の辺りを強く押しても、吐き出す力がないようだった。

流源はお定の息を嗅ぎ、このようなことを言った。

「もしや、微量であるが何かの毒を口にしてしまったかもしれません。微量と思われるのは、毒を飲んだ時に特有な、血を吐いたり、嘔吐をしたり、泡を吹いたり、痙攣したりという症状が見られないからです。つまりは命には関わらない程度の毒と考えられますが、躰が弱っているなら危険でありましょう……雑炊に毒茸が混ざっていたのではとも考えられます」

毒茸と聞いて、皆、どよめく。誰もが持っている椀や皿を見詰めた。

誰もに不安が込み上げ、再び騒然となる。「なんだか……腹が痛え……ような気がする」とか「気持ち悪い……ような感じ」などと言い出す者が続出したが、あくまでも気のせいだったようで、皆無事であった。

流源が宗左衛門に申し出た。

「この近くですので、私の診療所に運びましょうか。それとも私がひとっ走りして、毒消しや薬などを持って参りましょうか」

「ありがたいです。先生のところでお願い出来ますでしょうか。うちの手代どもにも手伝わせますので」

……などと言っているうちに、お定の躰から力が抜け、ぐったりし、息絶えてしまった。

「た、たいへんだ！」

大騒ぎになり、皆、青褪める。〈はないちもんめ〉の面々も、顔を強張らせて様子を窺っていた。

お定と競い合ったお直、お豊、お峰たちも、凍り付いた表情で立ち竦んでいる。お峰は「嘘でしょ、嘘よ」と呟きを繰り返しながら後ずさりし、両手で口を押さえて嗚咽し始めた。しかしお直とお豊は涙を零すこともなく、お定の死に顔を呆然と眺めていた。

吉田屋文左衛門がお市たちの傍にきて、耳打ちした。

「たいへんなことになってしまいましたね。折角のお祭りが」

「本当に。つい先ほど優勝なさったというのに……信じられませんわ」

「もし本当に毒にあたったとしたら、ほかに犠牲者が出なかったのが不幸中の幸いでしたね」

文左衛門の言葉に、〈はないちもんめ〉の面々は大きく頷く。死者が出たという衝撃で、お紋とお花もさすがにおとなしくなっていた。

そうこうしているうちに、騒ぎを聞きつけた木暮たちがやってきた。木暮と桂のほか、配下の者が二名だ。炊き出し目当てで祭りに来ていた岡っ引きの忠吾が、慌てて木暮に知らせにいったのだった。

「旦那方、お疲れさまでございます」

宗左衛門は木暮たちに深く頭を下げた。

お定は戸板に乗せられて奉行所に運ばれ、食べ掛けの茸雑炊も回収された。倒れた拍子に地面に落ち、中身は少し零れてしまっていたが、椀の中に雑炊はちゃんと残っていた。

炊き出しの料理は食べ尽くされ、殆ど残っていなかったが、念のため余った料理をすべて持っていくよう、木暮は配下の者に指示した。

集まった誰もが容疑者といっていいような状況だが、何せ人が多過ぎて一人一人を調べる訳にはいかず、日も暮れ始めたので、主要な人物を除いては解散となった。

木暮たちに引き止められて話を聞かれたのは、品評会の主催者である宗左衛門、品評会のほかの出品者であるお直、お豊、お峰、お市も含めた審査員たち、料理を作った板前たち、料理の給仕をしていた日本橋小町たち、お定が勧めていた造花屋の主と内儀、だ。医者の流源も、亡くなる前のお定の容態について、木暮に訊かれた。お定を救えなかったことで流源は落ち込んでいたが、気丈に答えた。

「毒を盛られたというのは確かなのか？」

「いえ、『確かか』と問われましたら、正直、判断は出来かねます。毒を飲んだ症状といいますのは、皮膚などに出ない場合、判断がつきにくいこともあるのです。ただ、息の臭いや、躰の弱り方から、もしや砒素を、それも微量に飲んだ症状のように思いました。以前、砒素を誤って飲んだ患者を診たことがありましたから。ねずみ捕りならば誰でも手に入りますしな」

　ねずみ捕り（殺鼠剤）の主成分は亜砒酸すなわち砒素である。

「うむ。躰が弱っているところに砒素を微量でも盛られれば、その弾みで逝ってしまうということもあるだろう」

「はい。私が診たところ、お定さんはだいぶ躰が弱っていたようでした。痩せ過ぎていましたし、栄養も充分に摂っていなかったのではないでしょうか。雑炊に毒茸が混ざっていたとも考えられますが、ほかにあたった人はいなかったので、その可能性は低いように思われます」

「うむ。では、砒素を微量にでも盛られたとして、一番それを出来そうなのは、料理を作る者もしくは料理を運ぶ者だな」

　木暮と桂にぎろっと睨まれ、板前と小町たちは震え上がる。執拗に尋問されたが、板前たちも小町たちも、「心当たりなどまったくありません」と泣きそうな顔で答えるばかりだ。木暮は眉を顰めた。

　──まあ、嘘は言ってないようにも見えるな。だいたいが、お定に毒を盛る理由が考えられぬ。……待てよ、誰かに毒を盛るよう頼まれたというなら、別か──

　考えを巡らせつつ、木暮はお市にも尋問した。

「まあ、お市さんが下手人ってことは有り得ないが、一応話を聞かせてもらうぜ」

「いいですよ。なんでもお答えいたします」

　お市は衿を正しながら、きりりと返した。木暮に対する言葉遣いも、いつもより丁寧になる。

「亡くなったお定に、何か変わった様子はなかったか？」

「ええ、確かに様子は少しおかしかったです。品評会という晴れやかな場に出ていらっしゃるのに、妙に暗いといいますか、何かに怯えているようでもありました」

「何に怯えていたというのか？」

「それは私にも分かりません。初めは、品評会で競い合うことに緊張なさっているのではと思っていたんです。でも、その様子は品評会が終わってからも続いていたので、緊張というだけではなかったのでしょう。妙にびくびくとなさっているように見えました」

「なるほど。それで茸雑炊を食べている時に、突然苦しみ出して、倒れたのだな。その前に何か気づいたことはなかったか？」

「はい。倒れる直前に、笹野屋様に声を掛けようとしていました。……恐らく、体調が悪いからもう帰ってもいいか、というようなことを訊こうとしていたのではないでしょうか」

「どうしてそう思うのだ。それほど具合が悪そうだったのか？」

「はい、顔色も青褪めていました」

「しかし雑炊は食べていたのだろう？」

「食べていたといっても、一口、二口です」

木暮は目を瞬かせた。

「いや、よく見てるなあ。貴女(あなた)が最もよくお定を見ていたのではないかな」

「いえ……妙に沈んでらしたので、なんだか心配で、気に懸けていたのですわ」

お市は軽く咳払いをした。

審査員たちの中には、お定の様子がおかしかったことに気づいていた者もいれば、気づいていなかった者もいた。気づいていたのは、お市のほか茶屋の看板娘のお時と、板元の大旦那である吉田屋文左衛門。気づいていなかったのは、町名主の小杉伝兵衛と力士の雷竜で、二人ともお定はただおとなしい気性なのだと思っていたという。だが五人とも、お定に元気がなかったことには気づいていた。

木暮は、お直、お豊、お峰には、同じことを訊ねた。「お定のことは前から知っていたか。面識はあったか。今日のお定の様子で何か引っ掛かったことがあったら何でもいいから教えてほしい。お定が倒れた時、どこにいて何をしていたか。お定のことを正直どう思っていたか」だ。

お直は、こう答えた。

「仕事場が同じだったので、もちろん面識はありました。今日のお定さんは……確かに元気がありませんでしたね。でも、元々静かな人なので、それほど気に懸けていませんでしたが。お定さんが倒れた時は、お豊さんと一緒に町名主の小杉様とお話ししておりました。お定さんのことは、仕事熱心な人と思っておりました。普段の造花の仕事もそうですが、着物の図案など、美に関することに才長けている人だと。……だから、とても残念です。このようなことになってしまって」

　お直は唇を嚙んだ。図案を競い合ったといっても、同じ仕事場で働く仲間の死に、やはり衝撃を受けているようだった。木暮はもう少し訊ねた。

「お豊とは面識はあったのかい」

「いえ、ございません。今日、初めてお会いしました」

「小杉さんとは？」

「存じ上げておりましたが、お話をしましたのはやはり今日が初めてです」

　お直は淡々と答え、尋問は終わった。

　次はお豊である。木暮の問いに対し、お豊はこう答えた。

「お定さんのことは今日初めて知りました。もちろん会ったことなどありませんでした。だから様子がおかしいというより、暗い人なのだと思ってました。お定さんが倒れた時は、お直さんと一緒に、町名主の小杉様とお話ししていました。お定さんのことをどう思うかと訊かれましても、初めて会って特に言葉を交わした訳でもありませんので、何とも言えません。お亡くなりになったのは、お気の毒ですが」

　木暮は――薄情な女だな――と思いつつ、このような問いも掛けてみた。

「でも正直なところ悔しかったのではないかな、お定に優勝を持っていかれて」

　するとお豊の顔が一瞬強張り、濃い眉毛がぴくりと動いた。お豊は少し黙っていたが、真紅(しんく)の唇に歪(ゆが)んだ笑みを浮かべ、答えた。

「悔しくなかったといえば、嘘になるでしょうね。でもそれは私だけでなく、お直さんもお峰さんも、そうだったのではないかしら」

「正直に答えてくれて礼を言う。もういいぞ」

　お豊は「ふん」といった態度で、木暮の傍を離れた。

　最後はお峰で、木暮の問いにこう答えた。

「お定さんのことは、以前から知っておりまして、特に親しかったという訳ではありませんが、会えばお話をするような仲でした。今日は久しぶりに会いましたが、ずいぶん痩せてしまって元気もなく、心配になりました。お定さんは元々丈夫なほうではないのですが、それにしても顔色が悪いなあ、と。お定さんが倒れた時は、私は力士の雷竜さんとお話をしていました。実は倒れる少し前、私、お定さんに話し掛けたのです」

「はい、『どこか具合が悪いの？　きついようだったら、奥で休んでいれば？』と。するとお定さんは、『ここで大丈夫。ここにいるほうがいいの』と答えたのです。だから少し不思議に思いました。具合が悪い時って、普通、静かな場所にいたくなりますが、どうして人がいる賑やかな場所のほうがいいのだろうって」

木暮は「ふむ」と考えを巡らせた。

「もし誰かに狙われていると勘づいていたとしたら、人気のないところより、人が集まっているところにいるほうが安全だと思ったのではないかな。狙われ難いだろう、と」

「ああ、そうかもしれません。……でも、お定さんが誰かに狙われるなんてこと、本当にあるのでしょうか」

お峰は言葉を切り、俯いてしまう。

「まだ、そうと決まった訳ではない。そういうこともあるかと思い、言ったまでだ。今のことは気にせず、話を聞かせてくれ。お定はどのような人だったのかな」

お峰は顔を上げ、小さく頷いた。

「お定さんは口下手で、自分でもそのことを気にしていました。『思いを言葉で上手に伝えることが出来ないことがある』と。でも、とても優しい方でした。今日の着物の図案もとても素敵で、お定さんに優勝が決まった時、私、自分のことのように嬉しかったのです。着物が売り出されたら、是非買いたいとも思いました。……それなのに、あのようなことになってしまって。悲し過ぎます」

　お峰が声を詰まらせる。切れ長の悩ましい目から、涙がほろりと零(こぼ)れた。

「話を聞かせてくれて、ありがとな。最後に一つ教えてほしいのだが、お定とは前からの知り合いというが、どのような経緯(いきさつ)で？」

　お峰は洟(はな)を啜り、涙声で答えた。

「お定さん、造花師の仕事に就(つ)く前は、居酒屋で働いていたんです。私がそこの店にたまに呑みにいっていて、それで知り合いました」

「なるほど、そうだったのかい。いったいどういう経緯で、居酒屋から造花屋に仕事場が変わったのだろう」

「それは私もよく分かりません。お定さんは手先が器用だったので、造花師のような仕事に就きたかったのではないでしょうか。私は針子なのですが、針子の仕事にも興味があるというようなことを仰ってましたので」

　お峰は情に厚い女なのだろう、真に胸を痛めているようであった。木暮にも、

「お定さんが本当に殺められたというなら、必ず下手人を捕まえてください」と懇願して帰っていった。

木暮は最後に、板前と小町たちに、念を押して質問をした。

「思い出してほしい。炊き出しが始まって、料理を作っているところ、料理が置いてあるところを、うろうろしている者はいなかったか？　特に、お直、お豊、お峰などだ。あの三人の中で、何か不審な行動を取っている者はいなかったか？」

板前と小町たちは暫し考え込んでいたが、声を揃えて言った。

「正直、分かりません。兎に角、人が多かったですし、自分たちの仕事が忙しかったからです。あの賑わいでは、料理に何かを混ぜるとしても、怪しまれずに誰もが出来たと思います」と。

ほか、お定が働いていた造花屋〈幾花〉の主と内儀にも残ってもらっていたが、二人とも酷く動揺しており、特に内儀の緑は涙を零し続けて憔悴しきって、あれこれ訊けるような状態ではなかったので、木暮は改めて店を訪ねるつもりで、二人を帰した。

この二人も、お定がこのところ落ち込んでいたことには、やはり気づいていたようだった。

　取り調べは終わり、木暮は腕を組んで唸った。

「検死の結果を待つしかねえな。茸雑炊に何か入っていたのか。それとも単に躰の具合が悪くて、発作が起きて急に死に至ってしまったのか」

　桂が精悍な顔をさらに引き締め、言った。

「茸雑炊に毒物が入っていたとして、それはやはりお定を狙ってのことでしょうか。それとも誰でもよかったのでしょうか。茸雑炊が入った椀は、まとめて盆に載せられ、小町たちが配膳したといいます。ということは、毒の盛られた椀が、必ずしも狙った相手に渡る訳ではないでしょう」

「うむ。もしや下手人は、騒ぎを起こしたかっただけなのかもしれない。微量の砒素を椀に入れ、運悪くその椀が渡った者が、祭りの最中に倒れる。しかし毒は微量なので、死に至ったりはしない。でも集まった者たちを大騒ぎさせることは出来る。下手人は、その騒ぎ様を見て愉しみたかったのかもしれぬな。ところが運が悪いことに、その椀が渡ってしまったお定は躰が弱っていたので、微量の砒素でも逝ってしまった、と」

「そうです！　そのような線も考えられなくもないと思うのですが」

木暮は再び唸った。

「色々な推測は出来るが、検死の結果が出てから、また考えてみよう」

夕焼け空が広がる中、木暮たちは〈はないちもんめ〉の面々たちと、八丁堀へと引き返した。


検死の結果、お定はやはり何かの毒物を口にしたことが分かった。口の中に銀簪を入れてみたところ、それが黒色に変色したからだ。

念のためにお定の口の中に小さな御飯の塊を入れ、四半刻ぐらいそのままにして唾液をたっぷりと染み込ませてから取り出し、それを鶏に食べさせてみたところ、すぐには死ななかったが半刻ほど経ってばたりと倒れて動かなくなった。お定が毒を盛られたことは確かであった。

二

品評会での事件は瓦版にも書き立てられ、誰もが注目することとなった。

数日経って、木暮が店に現われ、

「お定が食べていた茸雑炊からは、毒物はまったく検出されなかった。念のために持って帰ったほかの料理からもだ」

　と報告した。

「どういうこと？」

　お市たちは身を乗り出す。お紋が目を瞬かせた。

「でも、お定さんは毒を口にしたんじゃないの？　瓦版にもそう書いてあったよ」

「うむ。だが、口にしたといっても微量だ。致死量まではいっていなかっただろう。肌の変色など、毒物によると断定できる明らかな症状も出ていなかったし、検死で使った鶏もすぐには死ななかったからな」

〈はないちもんめ〉の面々も勘働きを始めた。

「じゃあ、毒はいったい何に入っていたんだろうね」

「もしや……自害なんてことはないよね。前から微量の砒素を少しずつ飲んでいて、それが積もっていって、ついに突然……とか」

　お花が言うと、皆、息を呑んだ。お市は首を捻った。

「で、でも、品評会で優勝するような人が自害なんてするかしら」

「何か不治の病に罹っていて、それを苦にしていたのかもよ。余命、僅かとか。お定さん、だから思い悩んでいるふうだったのかもしれない」

孫の言葉に、お紋はふと遠い目をする。木暮が唸った。

「うむ。お花、なかなか冴えてるじゃねえか。案外その線かもしれねえが、一応は探ってみねえとな。微量の毒を少しずつ口にしていたとして、誰かに盛られていたのかもしれねえからな」

「怖いねえ。物騒な事件だよ」

お紋が肩を竦める。目九蔵が酒とお通しを運んできた。

「世知辛い世を、辛い酒で清めていただきたいですわ」

「おう、ありがとよ」

目九蔵に酌をされ、木暮は目を細めて味わう。辛口の菊正宗は、疲れている木暮の心にも躰にも染み入った。

「こちらは土瓶蒸しかい。松茸のいい香りがするなあ」

鼻を動かし、木暮は笑みを浮かべる。

「茸雑炊に毒が入っていなかったと分かりまして、厄落としの意味を籠めてどうぞ」

目九蔵は丁寧に一礼し、下がった。

「まずはお汁を味わってくださいね」

お市が土瓶を傾け、猪口(ちょこ)に汁を注ぐ。白出汁に酢橘(すだち)、柚子(ゆず)が合わさり、爽やかに香り立つ。

「いいねえ。なんとも風流だ」

木暮は猪口を持って香りを楽しみ、ゆっくりと味わった。

「うむ、仕事の疲れがすっと抜けていく。癒される味だ」

木暮の言葉に、お市たちも微笑む。添えてある酢橘に目をやり、木暮は訊ねた。

「既(すで)に酢橘の香りも味もするのだが、もう混ぜているのだろう？」

「そうだよ。出汁に混ぜて火に掛けているんだ。だからそのままでもいいけれど、酢橘の味と香りをもっと濃厚にしたいなら、搾(しぼ)って召し上がってよ」

お紋に教えられ、木暮は「なるほど」と添えられた酢橘を搾った。

「俺は酢橘や柚子の風味が好きなんだ。松茸にとても合うからな」

土瓶蒸しには松茸のほか、蒲鉾(かまぼこ)、銀杏(ぎんなん)、黒鯛(くろだい)、細く切った柚子も入っている。

木暮は汁を啜り、具を突(つつ)き、酒を呑む。

「安価な松茸や黒鯛を使いつつ、よくもまあこれほど風流な味わいに仕上げるなあ」

「高いものばかりが美味しいって訳じゃないからね。この店では気さくに美味しいものを食べてほしいからさ」

　お紋はにっこりする。木暮は汁と具と酒の調べに夢中になり、土瓶蒸しをすぐに空にしてしまった。すると今度はお花が御飯を運んできた。

「飯物か？　腹一杯だけれど入るかな」

「これ、結構いけるから入ると思うよ。〝むかご御飯〟だ」

「むかごの飯か？　どんなもんだろう。むかごを食うことすら久しぶりだ」

　お花に出された椀を見て、木暮は目を瞬かせる。むかごとは長芋や自然薯の蔓に生る肉芽のことだ。黒く小さいので、御飯に混ざっていると豆のようにも見える。

　ほくほくと湯気を立てているむかご御飯を眺め、木暮は思わず唾を呑んだ。

「うむ、なかなか旨そうではないか。……どれ」

　むかご御飯を頰張り、木暮は瞠目した。もぐもぐと嚙み締め、呑み込み、満足げな笑みを浮かべる。

「薄味だが、少しの塩っ気だけで充分いける。むかごの飯がこれほど旨いとは！

ほっこりして、箸が止まらぬではないか」

木暮は勢いよく掻っ込み始めた。言葉も忘れてがつがつと食べる姿を、お市たちも微笑ましく見詰める。

「ほらね、お腹が一杯でも入っちまうだろ？」

お花が笑った。

木暮はあっという間に平らげ、「食った食った」と膨らんだお腹をさする。お紋は木暮にお茶を出した。

「むかごは滋養たっぷりで薬膳料理にも使われるからね。躰にいいんだよ」

木暮はお茶を啜り、楊枝を嚙んだ。

「なるほど、薬膳ね。躰に良いものを出してくれるのはありがたいぜ。話は戻るが、そういやあの流源ってお方も、お花と同じようなことを言っていたな。お定は『何かの病を苦にしていたのでは』ってね。病の苦しみというのは、健康な者には計り知れないそうだ」

「流源？　誰だっけ？」

お花が首を傾げる。

「医者だよ、あの時にいた」

「ああ、あの蛸坊主(たこぼうず)か!」

娘の言い様に、お市は思わず声を荒らげた。

「そんな言い方やめなさい、失礼でしょう! あのお医者さん、いい先生みたいよ。集まった人たちが話していたもの。金子(きんす)がない人からは金子を受け取らずに診てくれるそうよ。そんなお医者さん、本当にいるのねえ」

するとお花は鼻で笑った。

「けっ、どうせ金子持ちからはふんだくってんだろ。よくある話さ」

お紋もさすがに怒った。

「お前、どこまで捻くれているんだい! 仏のようなお医者さんに、そんなことを言うなんて。今に罰(ばち)が当たるよ。それにあのお医者さんは、腕が良いって評判みたいだよ」

しかしお花はまったく悪びれない。

「どうせあたいは捻くれもんさ」と口笛を吹く娘を睨(ね)めながら、お市が口を尖らせた。

「蛸、蛸って言うけれど、お花、この前『潔(いさぎよ)い禿(は)げ頭はカッコいい』って褒めていたじゃない。頭を磨きたくなる、って」

「ああ、そうだよ。つるっつるで、ぴっかぴかの禿げ頭は好きさ。でも、あの蛸坊主は、ねとねとしてたんだよ、なんだか。そういう脂と汗が滲み出ているような禿げ頭は嫌いなのさ、あたいは！」

「その口の悪さ、いい加減にしなさい！」

お市とお紋が声を揃えるもお花は舌を出し、木暮は気になり始めた頭髪にそっと手を伸ばした。


次の日、お紋はいつも湯屋の帰りに立ち寄る稲荷へ、一人で行った。日毎色づいていく楓の葉を、目を細めて眺める。まだ紅葉はせず黄褐色だが、少し枯れたような色合いもなかなか風情がある。青空に向かって真っすぐに立つ楓の木を眺めると、お紋の背筋も伸びるようだった。

お紋は賽銭を投げ、手を合わせ、一心に願った。

──健やかでいられる日が、どうか一日でも長く続きますように──

お紋にも、誰にも話していない秘密がある。それは、余命があと二年もないということだ。もう半年以上も前になるが、お紋は腹部に突然差し込むような痛みを覚え、こっそりと医者に診てもらったことがあった。お紋の腹部に手を当て、ゆっくりと押さえるように丁寧に診て、その医者は言った。

「大きな腫れ物が出来ている。手の施しようがないほど育ってしまっているので、もってあと二年ほどだろう」と。

医者にそう言われた時、お紋の頭の中は真っ白になった。人は誰でもいつかは死を迎えると分かってはいても、自分にその時がそれほど早く迫っているとは、思いもよらなかったからだ。

酷い衝撃を受け無言になってしまったお紋を労るように、医者は言った。

「はっきり告げたのは、残された時間を悔いのないように生きてほしいからだ。病と向き合い、死を迎えるのは誰でも怖いだろう。でも、貴女は病と向き合い、死を受け入れて生きることが出来る強さを持っていると、私は思う。どうか最期まで強く明るくいてほしい。私も可能な限り、力添えさせてもらう」と。

悠庵というその医者は、労咳で逝ったお市の亡夫を診てくれたこともあり、お紋も信頼を寄せていた。悠庵に励まされ、お紋は微かな笑みを作り、「はい」と頷いた。

悠庵に出された薬を抱え、お紋は呆然として家へ帰り、こっそり二階へ上がって、暫くじっとしていた。衝撃が強過ぎて、涙すら出なかった。下からお市の声が聞こえてお紋は我に返り、立ち上がって、仏壇に向かい多喜三の位牌に手を合わせた。

――近いうちにそちらに行きますから、それまで、どうぞお見守りください

――と。

お腹の痛みは、薬を飲まずとも殆ど治まっていた。悠庵から言われたことの衝撃が強過ぎて、痛みも紛れてしまったのだろう。お紋は念のために薬を一包飲んでみたが、噎せてしまうほど苦かった。

お紋は下へ行き、何事もなかったかの如く、努めて笑顔で振る舞った。お市もお花も、目九蔵も客たちも、お紋に何かあったなどと、誰も気づいた様子はなかった。

お紋は、余命のことは、誰にも話すのはよそうと考えた。心配させたくないからだ。話せば、腫れ物に触るような扱いを受けることになるのは目に見えており、それも辛い。お紋は自分が「殺しても死なない元気な婆さん」だと思われていたかったのだ。

――お市やお花に正直に話すのは、躰が目に見えて弱ってきて、動けなくなっ

てからにしよう――

お紋は、そう決めた。

初めは動揺したが、日が経つにつれ、心は定まっていった。お紋は、悠庵のところにも、もう行かなくてよいと思った。診てもらうのが、恐ろしくもあった。『もって二年』と言われたところ、新たに診てもらって『やはりもって一年』などと言われたら、また酷く傷つくことになるからだ。

――それならば、余命二年と心して、悔いのないように生きよう。今度医者に診てもらうのは、痛みでどうしようもなくなった時だ――

悠庵から出された苦い薬は、堪えきれぬ痛みが襲ってきた時のために取っておこうと、遺言とともに、簞笥の引き出しの奥深くに仕舞い込んだ。

お紋が少々図々しくなってしまうのは、今日一日を精一杯楽しく生きようとするがあまりだ。根っから楽天的なお紋は、死を考えつつも、くよくよしないようにしている。心が決まってからは、やがて訪れる死を、微笑みながら待つことが出来るようになった。

まだ躰が弱ってくる気配もなく、食欲も旺盛であるが、こんなに元気なのも今だけだろうと、お紋は覚悟していた。

お紋は澄んだ空を眩しそうに見た。たなびく雲は穏やかで、心地好い風が吹いてゆく。

――こうして生きていられるだけでありがたく、涙が出るほど幸せなことなんだ。感謝しなくちゃね――

そのように思うと、躰が蝕まれていようとも、お紋の心は豊かになるのだった。稲荷からの帰り道、お紋は考えていた。昨夜、お花は流源に対して失礼なことを言っていたが、あの医者の噂を耳にしてお紋の心に変化が現われつつあるのだ。

――それほど評判が良くて誠実なお医者なら、機会があれば診てもらおうか――と。

診てもらうのが怖いような気もするが、そのような心優しい医者であれば、本当にお紋の寿命があと僅かだったとしても、傷つけるような言い方は決してしないだろうと思われる。

――前に診てもらった悠庵先生より、流源先生のほうが気遣いがあるようだ。不治の病であってももっと親身になって診てくれて、よい助言をくれるかもしれない。……近いうち、一度診てもらおうか――

お紋は緩やかな坂道を歩きながら、心を揺らして溜息をついた。

店に戻ると、引き札配りから戻ったお花が騒いでいた。手拭いで肩の辺りをごしごし擦っている。お紋が「どうしたんだい？」と訊ねると、お花は忌々しそうに舌打ちした。

「鳥に糞を掛けられちまったんだよ！　ちっくしょう、この着物気に入ってるのに、落ちやしねえ」

顰め面の孫を見て、お紋に笑いが込み上げた。

「ほらみろ、やっぱり罰が当たったんだよ！　相手構わず失礼なこと言ってっからさ。いい気味だ」

「嫌なこと言うなあ、婆ちゃん」

唇を尖らすお花に、お市が言った。

「ほかのに着替えなさい。それは洗っておいてあげるわ。ほら、たまには萌黄色の小紋を着なさいよ。若々しい草のようなあの色も、お花に似合うわよ」

「……そうする。洗うのは自分でやるから、いいよ。しっかし、悔しいぜ。あの鳥の奴め！」

膨れっ面で二階へ上がっていく孫を、お紋はにやにやしながら眺めていた。

三

木暮が同輩の桂右近とともに〈はないちもんめ〉を訪れた。仕事で疲れているのだろう、二人ともどことなく元気がない。そんな二人に、お市は料理と酒を出した。

「精がつきますよ。召し上がれ」

「おおっ、これは！　好物だぞ」

「私もです。この磯の香りがなんとも」

〝牡蠣（かき）の生姜煮（しょうがに）〟に、木暮も桂も相好を崩す。

「ううむ、牡蠣がふっくら、むちむちしていて、嚙み締めると口の中で蕩ける。最高だ」

「まさに至福の味わいですね。汁がじゅわっと多いこと。生姜だけでなく、この振り掛けた粉山椒（こなざんしょう）も利いていています」

満面に笑みを浮かべて料理を味わう二人に、お市もにっこりする。

「よろしかったです、お気に召していただけて。味付けはお酒とお醬油のみですが、なかなかのものでしょう？」

「いや、なかなかなどではなく、極楽の味よ！　酒と一緒に味わえば、躰がふわりと宙に浮くようだ」

「酒が進んで困りますな」

「よろしいじゃないですか。たまには羽目をお外しになっても」

お市に酌をされ、桂は息をついた。

「木暮さんはこのところ祭りの事件でお忙しかったので、私は例の町娘神隠し事件のほうを追っていたのですが、なかなか進展がなく……。上役には怒られるわ、瓦版には『奉行所は無能だ』と書かれるわ、散々です」

「まあ……」

お市が眉間に軽く皺を寄せると、木暮が口を挟んだ。

「しかし、桂の勘働きと粘り強い聞き込みが功を奏して、新たな局面が見えてきたんだよ」

「私の勘働きが当たっているのか、単なる偶然かまだ定かではありませんが、娘たちの神隠しが起こり始めた時期と、〈かんかん座〉という旅一座が江戸に来た時期が重なるのです。行方が分からなくなっている四人の娘たちは皆、芝居を観るのが好きだったということで、その筋から何かに巻き込まれたのではないかと……」

「うむ、俺もその線は悪くないと思う。〈かんかん座〉を調べ、張り込みを始めている」

お市は言葉を失った。〈かんかん座〉という名を聞いて動悸が激しくなり、事件に関わっている可能性があると知って茫然としてしまう。

「どうした？」

木暮に声を掛けられ、お市ははっと我に返る。

「あ……すみません、ぼうっとしてしまって。お酒、持ってきますね」

取り繕い、お市は逃げるように板場へと向かった。

徐々に肌寒くなってくる季節だが、両国の見世物小屋〈玉ノ井座〉は今日も熱気に溢れている。昨今、巷で話題の〈お光太夫〉の軽業を観るために、多くの人が押し寄せているのだ。

お光太夫が舞台に登場すると、観客たちから歓声が沸き起こった。

「待ってました、お光太夫！」

客席に向かってお光太夫がにっこりと微笑むと、いっそう声が上がる。若衆髷(わかしゅまげ)で黒と金色が混ざった上着と股引(ももひき)を纏ったお光太夫は、男とも女とも知れぬ妖(あや)しい魅力を発揮している。濃い化粧を施しているので、ぎょろりとした目がいっそう目立ち、紅(べに)を差した唇はやけに挑発的だ。

お光太夫は観客に向かってもう一度微笑むと、突如(とつじょ)、後ろ向きにくるりと宙返りをした。

「おおっ、カッコいいぜ！」

大歓声が起き、小屋はますます熱くなる。舞台の両脇には丈が一丈(じょう)（約三メートル）ほどの太く大きな棒がそれぞれ立っていて、太く頑丈(がんじょう)な綱で繋(つな)がれている。お光太夫は舞台の上手(かみて)にある棒をするすると容易(たやす)く上っていき、綱渡りを始めた。

「うわあっ、大丈夫か？」

観客たちがどよめく。皆の心配をよそに、お光太夫は笑みを浮かべて宙に浮かんだ綱を歩いていく。途中、歩を止めて片足で立ってみせるほどの余裕だ。

「いっ、命綱がないなんて、あっ、危ねえよ！」

どうやら観ているほうが恐ろしいようで、心ノ臓を押さえて顔を伏せてしまう者もいる。しかし当のお光太夫はへっちゃらで、綱の真ん中までくるとぽんと飛び跳ねて足を離し、「うわあっ」と叫び声が上がる中、今度は両の手で綱を摑んだ。

そして躰を軽く揺さぶって弾みをつけると、綱を摑んだまま大回転を始めた。

「うおおおっ、凄え！」

「これが観たかったんだよ！」

観客たちは昂りの声を上げ、沸きに沸く。勢いよく何度も何度も繰り返す大回転は、お光太夫の十八番(おはこ)だ。

命綱だって小屋主には「危険だからつけておいたほうがいい」と言われたが、お光太夫自らが「そんな邪魔くさいもんいらねえよ、芸が仕難(こば)くなっちまう！だいたい一丈のところから落ちたぐらいでなんともねえさ」と拒んだ。命綱などに頼らない、まさに命知らずのお光太夫の溌剌(はつらつ)とした芸は、多くの観客たちの心を鷲摑(わしづか)みにして離さないのだ。

お光太夫の大回転に観客たちは大興奮し喝采を送る。すると今度は真上に向かって躰を逆立てたまま、ぴたっと止まった。宙で逆立ちをしているような姿で、微塵も動かない。

観客たちは息を呑んで見守る。

そしてお光太夫は、今度は先ほどとは逆向きに、背面から大回転を始めた。観客たちはいっそう盛り上がる。お光太夫の威勢のよい大回転は、皆を歓喜させた。

「目が廻るぞ！」

「凄過ぎるぜ！」

大声で言わずとも、小声で「お光太夫か山猿か、ってとこだな」などと感嘆する者もいる。

回転は次第に速くなり、観客たちが息を止めて見入る中、お光太夫の手が綱からぱっと離れた。

「きゃああっ」「うわあああっ」と悲鳴が起きる。

しかしお光太夫は宙をくるくると二回転し、すとんと軽やかに着地した。

その鮮やかさに観客たちは暫し唖然となり、水を打ったようにしんとなった後、小屋が割れんばかりの喝采を起こした。

「お光太夫、日本一！」

「いやあ、痺れるわ！　最高だ！」

お光太夫は満面の笑みで観客たちに手を振り、舞台の袖へと引っ込んだ。


楽屋に戻って着替えを済ませたが、お光太夫は化粧や白粉は落とさぬまま帰ることにした。この〈お光太夫〉とは、実はお花である。店が休みの時などに、両国の小屋で〈女軽業師・お光〉に化けて、人気を博しているのだ。

お花は正直なところ、いつもは美人の母親に少々引け目を感じている。しかし、濃い化粧を施し、色黒の全身に白粉を塗って〈お光〉へと生まれ変わると、自分でも驚くほどに大胆な芸が出来て、光り輝けるのだ。

お花は子供の頃から非常に身軽で、難しい曲芸を楽々こなすことが出来る。お花にとって、お光に化けることは誰にも内緒で、自分だけの密かな愉しみ、危なげな秘密なのだ。

「いやあ、よかったよ！　お光太夫のおかげで大繁盛だ。次回もよろしくな」

小屋主から給金をもらい、それを数えてお花はにっこりした。少し増えていたからだ。

お花はその給金を握り締め、薬研堀のほうへと向かった。近くの米沢町三丁目にいる、邑山幽斎という大人気の占い師に会いに行くのだ。幽斎はお花の憧れだが、占ってもらうには金子がいる。軽業の仕事に密かに励んでいるのは、自己満足というだけでなく、幽斎に占ってもらう金子を稼ぐためでもあった。親からもらう給金では足りないからだ。

幽斎の住処兼占い処には、占ってもらいたい女たちが今日も多く並んでいた。

「待つのは面倒くせえなあ……まあ、いいか。幽斎さんに会えるんだから」

お花は呟き、ほくそ笑む。濃い化粧を落としてこなかったのも、少しでも艶やかな姿を幽斎に見てもらいたいという女心からだ。家に戻る前に、湯屋へ寄って洗い流せば、お市やお紋に怪しまれずに済む。お花はいつもそうやって、〝秘密の愉しみ〟の証を消していた。

お花が幽斎に憧れているのは、いわゆる二枚目で、三十歳の割に若く見えて妖しい色気を漂わせているということもあるが、もちろん占いが当たるからだ。例えば、よく視てもらうのが運気が良くなる色や方角などだが、「青色のものを身に着けるとよい」と言われて青色の着物を纏って店に出たところ、古くからの常連客が仲間を引き連れて訪れ、大いに呑み食いして金子を落としていってくれた。おまけにその仲間の一人がお花のことを「さっぱりしていい子だね」と気に入り、一人でも通ってきてくれるようになった。また「辰巳の方角がよい」と言われてそちらのほうを散策していたら道端で財布を拾い、それを番所に届けたところ、落とし主に謝礼を幾らかもらった。

このような調子で、幽斎の占いに従うと、必ずよいことが訪れる。それゆえお花は嵌ってしまったという訳だ。

今日の幽斎は、黒い着流しに黒い羽織を纏い、漆黒の髪は撫の糸垂。血の気のない顔は透き通るほどに白いが、薄い唇は紅を差してもいないのにやけに色づいている。その姿は、男にも女にも見え、はたまた美しき妖怪のようでもあった。

幽斎は占術のほか祈禱や憑き物祓いなども行う、いわば陰陽師だ。今日は黒ずくめの姿だが、時には平安の陰陽師よろしく狩衣を纏い烏帽子を被ることもある。

お花は今日も運気の上がる色と方角を視てもらい、こんなことを訊ねてみた。

「この前、ここからそれほど離れていない長谷川町で《日本橋亥の子祭り》がありましたよね。あの時、女の人が亡くなったことを知ってますか？」

幽斎は頷いた。

「はい、知っております。瓦版などでも騒がれていましたね。確か着物の品評会で優勝なさった方だというのに、この世はまことに無常なるものです」

「それで色々言われてますよね。病気がちで卒中(そっちゅう)を起こしたのが原因だとか、殺された……とか」

「人というのは無責任に、面白がってあれこれ言うものですからな」

「亡くなった人……お定さんというのですが、口の中から微量ですが毒が検出されたようです。誰かに砒素のような毒を盛られて、それが静かに廻ってきて突然倒れたとも考えられますよね」

「そうですね。毒というのは致死量でなければ、それほど速くは効き目が現れないかもしれません」

「そこで幽斎先生に視てほしいのです、この事件の下手人を。そのようなことって出来ますか？」

お花は幽斎を真っすぐ見詰める。幽斎は薄い唇を動かし、ふふ、と笑った。

「下手人を探り当ててみたいのは山々ですが、私は亡くなられたお定さんの人相も手相も視たことがありません。実際に会ったことのない、見知らぬ人に纏(まつ)わることを占うというのは、正直難しいですね」

お花は溜息をついた。

「そうですよね。ごめんなさい、無理なことを言ってしまって」

「いえ、謝ることはありません。私も下手人を突き止めることに興味はありますから、無理を承知で視てみましょうか？」

「ええ、出来るんですか！」

「亡くなった方のお名前は分かりましたので、どうにかやってみましょう。しかし、あまり収穫がなくても、或いは占いの結果が外れてしまっても、どうか御勘弁くださいますよう」

「も、もちろんです！　よろしくお願いします」

お花らしからぬ殊勝さで、丁寧に頭を下げる。幽斎は「定」と書いた半紙を前に置き、水晶と交互に眺めながら占った。

幽斎は水晶に手をかざし、小声でお定の名と呪文を繰り返す。幽斎の真剣な面持ちを、お花は息を呑んで見詰めていた。

幽斎は水晶から目を離さず、低い声を響かせた。

「火が……火が視える。燃え盛る火が」

お花はごくりと喉を鳴らした。幽斎は瞬きもせずに水晶を睨む。

「その中に、お定さんらしき女が視える。緋色の襦袢を纏い、啜り泣いている。その横に……どす黒い人物が視える。否、人ではない、悪霊だ。これは……かなり邪悪な霊だ。そして、大きな葛籠が視える。その葛籠の中には……薔薇を抱いた娘が閉じ込められている。可哀相に、棘に刺されて、娘は血だらけだ。『痛い、痛い』と泣いている。葛籠も火の中にあるが、未だ燃えてはいない」

そこまで言うと、幽斎は溜息をついて眉間を押さえた。

「……これが視える全てです」

集中したせいで疲労したのだろう、幽斎の顔はいっそう青白くなっていた。

――燃え盛る火、緋色の襦袢を着たお定さん、悪霊、葛籠に閉じ込められた薔薇を抱いた娘……――

幽斎が視たものを、お花は心の中で何度も繰り返す。お花は幽斎に幾度も礼を言い、占い処を後にした。

日が暮れるのも早くなってきて、どこからか烏の啼き声が聞こえてくる。お花はまだぼんやりとしていた。

――火の中で啜り泣くお定さん。悪霊ってのは、下手人だろうか。葛籠に閉じ込められた娘って、誰のことだろう。まさか次の犠牲者？　それとも……――

町娘たちが連続して神隠しに遭っているという事件が、ふと思い浮かぶ。立ち止まって少し考え込んだが、お花は頭(かぶり)を振った。

――湯屋で化粧を洗い流して、さっぱりして帰らなくちゃ。なんだか頭がこんがらがってきた。一風呂浴びれば、頭の中もすっきりするさ――

お花は着物の裾をちょいと捲(まく)り、お紋曰くの牛蒡(ごぼう)のような脚を覗(のぞ)かせ、夕焼けが広がる両国の町を駆ける。いつもこちらの湯屋で一浴びして、猪牙舟に乗って家へと戻るのだ。

湯屋へと向かう途中、「おや?」と思い、お花は立ち止まった。品評会でお定と競い合ったお豊が、男と一緒に出合茶屋(であいぢゃや)へ入っていくところを目にしたのだ。男は如何(いか)にも裕福そうで、お豊もあの時とは打って変わって淑やかで優しい顔をしている。お豊は二十七歳の人形師で、小柄だが胸が豊かで、目も口も大きい女だ。

――なんだか別人みたいだけれど、あれは確かにお豊だ――

二人が出合茶屋の中へ消えたところを見届けると、お花は湯屋へ向かい、再び駆けていった。

第三話　南瓜（かぼちゃ）すいとんの秘密

一

店の休み刻、お花が引き札を配りにいこうとしていると、目九蔵が声を掛けてきた。

「豆餅が焼けましたが、如何ですか」

豆餅と聞いて、お花は破顔する。

「一つもらっていくよ。目九蔵さん、ありがとね！」

落花生（南京豆）と青海苔の入った豆餅は、お花の大好物だ。「熱っ」と言いながらそれを摑んで頰張って、「じゃあ、いってくる！」と表に飛び出していく。

「いってらっしゃい。喉に痞えさせなさんなよ！」

表に出てきたお紋とお市に、お花は手を振って駆けていく。風で着物の裾が捲れるのもまったく気にせずに。お俠なお花の後ろ姿を見送りながら、お紋とお市は「やれやれ」と笑みを浮かべて息をついた。

中へ入ろうとして、お市は気づいた。

「あら、お母さん。あれ」

「おや、吹き寄せだ」

〈はないちもんめ〉の前、通りの中ほどに、吹き寄せが出来ていた。吹き寄せとは、風の強い日に色々な種類の落ち葉たちが煽られて一箇所に留まる姿をいう。

お市とお紋は一緒に吹き寄せを眺めた。

「落ち葉って物悲しくも見えるけれど、ああやって集まってるとなんだか楽しそうだね」

「ええ、枯れた色でさえ温かく見えるわ。不思議ね」

母娘は微笑み合う。今日は天気は良いが、風が冷たい。

お市は「お母さん、そろそろ中に入りましょ」と、お紋の肩に手を乗せた。戻ると目九蔵が豆餅とお茶を二人にも出した。

「ああ美味しいねえ。目九蔵さん、あんたも一緒にどうだい？　自分の分を持ってこっちにおいでよ」

お紋が座敷から手招きする。

「そうね。皆一緒のほうが楽しいわよね」

「吹き寄せみたいなもんさ」

お市とお紋が笑っていると、目九蔵が「へえ、なんのことでっしゃろ」と豆餅を沢山(たくさん)載せた皿とお茶を持ってやってきた。

「あんた、豆餅、ずいぶん一杯持ってきたね」

お紋が目を丸くする。

「お言葉に甘えて、わてもいただこう思いまして。豆餅、大好物なんですわ」

相好(そうごう)を崩して豆餅を味わう目九蔵を眺めながら、お市とお紋も笑顔で頬張った。


木暮は、お定が働いていた日本橋は堺町(さかいちょう)の造花屋〈幾花〉へと赴(おもむ)いた。

〈幾花〉は主(あるじ)の幾太郎(いくたろう)とその内儀の緑が取り仕切っており、大店(おおだな)ではないが手代も造花師も揃(そろ)っていてそこそこ繁盛(はんじょう)していることは見て取れる。

木暮が十手(じって)を見せ、「こちらに勤めていたお定のことで伺いたいのだが」と告げると、手代は急いで主を呼びにいった。少し経(た)って幾太郎が顔を見せ、木暮は中に通された。

幾太郎は四十歳手前ぐらいの線の細い優男(やさおとこ)で、緑は三十二、三歳ぐらいの小柄でおとなしそうな女だ。二人ともお定とお直を応援しに祭りを訪れていたので、目の前でお定を亡くしたことの衝撃はまだ尾を引いているようだった。

木暮は出されたお茶を啜り、二人に訊ねた。

「お定はいつ頃からこちらで働いていたのだろうか」

「え、ええ。確か……三年ぐらい前ではないでしょうか」

幾太郎は顔を少し伏せ、木暮とあまり目を合わせないようにして答える。夫の隣で緑も俯いていた。

「その前はどこで働いていたか知っておるか」

「どこぞの居酒屋とか言っておりましたが、はっきりとは知りません」

「突然、造花師の仕事を始めたという訳か？」

「ええ……居酒屋で働いていた時から、造花師の仕事に興味はあったそうです。うちの店で『働きながら仕事を覚えたい』との希望で、『初めは給金もなくてよい』とも言われましたが、そのような訳にもいかず少しは渡しておりました。お定さんは筋がよく、すぐに仕事を覚えましたので、半年後からは給金も普通の額を払っていました」

「そうか……。お定は二十八歳だったよな。小柳町の長屋に一人で住んでいたというが、夫がいたことはなかったのか？」

緑の眉毛がぴくりと動いたのを、木暮は見逃さなかった。幾太郎は唇を少し舐め、答えた。

「お定さんとは、その、雇い主と使用人の立場でしたので、身の上のことなどはあまりよく知りません。女の人にこちらから色々なことを訊ねて、詮索していると思われるのも嫌ですし。余計なことはなるべく訊かないようにしていました」

木暮は「そうか」と呟き、またお茶を啜った。

「ところで幾太郎さん、あんたはお定が小柳町の長屋に住む時、身元を保証する者になっているが、ほかの使用人たちの面倒もそこまで見てあげてるのかい？」

幾太郎の顔色がさっと変わる。緑は息をつき、肩をそっと震わせた。

「ど、どうしてそのことを……」

「ここに来る前、長屋を当たってみたんだ。大家が正直に答えてくれたよ」

幾太郎の狭い額に、汗が滲む。狼狽えている夫に代わって、緑が静かに答えた。

「はい、そうです。主人が面倒を見てあげていました。お定さん、独り者で江戸に親類縁者もいらっしゃいませんでしたから。主人が力添えしたのです」

木暮は頷き、再び訊ねた。

「お定はどこから江戸に来たか知っていたか？」

「私は知りませんが、上総か下総、武州辺りではないでしょうか。強い訛りはありませんでしたから、江戸の近辺かと思います」

「私も聞いておりませんでしたが、妻の言っていることが当たっているように思います」

幾太郎は顔を伏せ、ちらちらと緑の様子を窺っている。

「ところで幾太郎さん、あんたは婿養子なのかい？」

木暮に訊ねられ、幾太郎は目を瞬かせた。

「い、いえ。私は養子ではありません。れっきとした、〈幾花〉の跡取りでございます。実父から譲り受けました」

「なるほどね……。いや、忙しいところ失礼した。色々聞かせてくれて礼を言うぞ」

「は、はい。御苦労様でございました」

木暮は幾太郎と緑に見送られ、〈幾花〉を後にした。

しかし、木暮は去ったように見せ掛け、〈幾花〉から少し離れたところの木陰に隠れ、手代の誰かが出てくるのを待った。

――あの主、臭いやがる――

勘を働かせ、粘る。すると半刻（一時間）ほど経って、手代の一人が店から出てきた。使いにでも行くのだろう、風呂敷を提げている。その二十歳そこそこの小太りの手代を、木暮は気づかれぬように尾けていった。

手代は人形町の引手茶屋へと造花を届け、風呂敷を畳みながら出てきて、よく晴れた空を眩しそうに眺めた。……が、目の前に十手を差し出され、ぎょっとする。

「ちょっと話を聞かせてもらえねえかな。今川焼きでも奢るぜ」

木暮に見据えられ、手代は目を瞬かせた。

「いやあ、今川焼きって旨いっすねえ！　俺、鯛焼きよりも好きだなあ。鯛焼きも餡が尻尾まで詰まって旨いことは旨いんですが、今川焼きってこの分厚いところが堪んないんですよねえ！　嚙み締めると餡子がぶわっと押し出てくるとこなんざ、最高ですわ」

手代の三平が満面の笑みで、今川焼きをばくばく頬張る。

「そりゃよかった。気前よく三つも奢ってやったんだから、少しは話してくれなきゃ困るぜ」

「はいっ！　何でも訊いてください！」

　三平を食い物で釣るのは正しかったようだ。木暮は三平を、人形町の甘味処(かんみどころ)に連れ込んでいた。

「率直(そっちょく)に訊くが、お前んとこの主と、この前亡くなったお定とは、何か関係があったのかい？」

　今川焼きを詰め込み過ぎたようで三平は噎(む)せたが、お茶を飲んで落ち着いた。

　三平は涙目で木暮を見て、不安そうに訊ねた。

「正直に話して、俺、あの店にいられなくなるなんてことありませんよね？」

「そんな心配はせんでもいい。お前から聞いたなどということは、決して言わない。約束するぞ」

　三平は目を擦(こす)り、一息ついて答えた。

「旦那の仰(おっしゃ)るとおりです。御主人とお定さんはデキてました」

「それはいつ頃からだ？　お定が〈幾花〉で働き始めてからか、その前からか？」

「さあ、そこまではよく分かりませんや。すみません」

「謝ることはねえよ。で、二人のことはお内儀は知っていたんだろう？」

「はい、仰るとおり、ご存じでした。それでお定さん、かなり悩んでいたようです。お内儀さんが二人の仲に気づいて、相当怒ってましたから」

「お内儀、一見おとなしそうだが、やはり怒っていたのか」

「ええ、あれでなかなか怖いんです。旦那さんのいるところではおとなしいんですが、陰ではお定さんに、きつくあたっていました。なんていうのかな……言葉でちくちく責めるような。まあ、その気持ち、分かるような気もしますけれど。旦那さんとお内儀さんの間には子供がいないので、もし旦那さんとお定さんとの間に子供が出来たら自分の立場はどうなるのだろうと、気が気ではなかったんでしょう」

「そうか……」

木暮は顎をさすった。お定の遺体を調べた結果、身籠っていなかったことは分かっている。

「いや、重要な話を聞かせてくれてありがとよ。腹に入るようだったら、もう一つか二つ食ってもいいぜ」

「ほ、本当ですか！　じゃあ二ついただきます！」

三平は遠慮なく注文し、指についた餡を舐め取りながらおずおずと言った。

「あの、俺、ここまで話しちゃって本当に大丈夫ですよね？　お内儀さんに知れたら、俺……」

「そんなにビビるなよ！　大食らいの割に気の小せえ男だなあ。大丈夫だって。もし万が一あの店をクビになったら、俺が責任もって次の働き口を紹介してやるから安心しな」

「あ、はい！　ありがとうございます！」

木暮にそこまで言われてようやく安堵したのだろう、三平は無邪気な笑みを浮かべて頭を掻いた。


三平を先に帰し、木暮は陽が弱まってきた頃、再び〈幾花〉を訪ねた。怪訝な顔をした番頭に、「主に訊きたいことがあるので主だけ呼んでほしい」と頼んだ。少し経って幾太郎が現われ、木暮は外へ連れ出した。近くの神社まで行き、暮れなずむ空の下、木暮と幾太郎は差しで話した。

「正直に答えてほしい。あんたはお定と男と女の関係だったんだろう？　小柳町の長屋の大家から聞いた話や、あんたのお内儀の微妙な態度から、察しはついているんだ」

約束どおり三平のことは黙っておく。同心相手に言い逃れは出来ぬと思ったのだろう、幾太郎は項垂れた。

「そこまでお察しならば仕方がありません……」

幾太郎は観念したように語った。

「お定とは、仰るように男と女の仲でした。あいつが居酒屋で働いていた頃に知り合い、その時からの付き合いです。もう五年でした」

「五年も前からか。その居酒屋はこの近くなのか？」

「いえ、浅草寺の近くです」

「浅草寺だと？　離れているな」

「はい。浅草の辺りに先代からの大切なお得意様がおりまして、配達などは手代に任せているのですが、折に触れ私が御挨拶に伺うこともございます。或る時、その方にお定が働いていた居酒屋へ連れていってもらい、その縁で知り合いました」

神社の大きな辛夷の木の下で、木暮は腕を組んだ。

「お内儀の目を盗むには、それぐらい離れた場所にいる女のほうが何かと都合がよかっただろうな。お定が住んでいた長屋が、勤め先のあんたの店と少し離れていたのもそのためか」

幾太郎は苦い笑みを浮かべた。

「お察しのとおりです。妻はああ見えて悋気が強いところがありまして、怒ったりすると人が変わるといいますか、手がつけられなくなることがございますので」

「三行半をつきつけてやればよいじゃねえか」

「そんなことしたら、私が危ないですよ。刺されるかもしれません」

「それほど変わるのか」

自分の内儀のことを思い浮かべると、他人事ではなく木暮は笑うことが出来ない。木暮も家に帰れば妻の尻に敷かれているのだ。木暮は思った。

――女将たちの話に依ると、祭りの最中にお定が倒れた時、幾太郎のほうは立ち竦んだままだったが、内儀のほうは駆け寄ったという。それは、お定を憎く思っていた内儀が、心配する素振りでしたことだったのだろうか。それとも、憎い相手でも使用人だ。心から心配になって駆け寄ったのだろうか――

烏の啼き声が聞こえてきて、空が消灰色に染まり始めた。

「まあ、お内儀が怖いってのは分かるがよ、それゆえにお定っていう、どこか儚げな女に惹かれたって訳だな」

「ええ、そうかもしれません。お定は幼い頃に両親を亡くして相当苦労したようでしたから、支えてあげたいという気持ちが生じたんです。親戚の伯母夫婦に引き取られたはいいけれど、その家も貧乏で辛かったようです」

「そうか……。じゃあ、若い頃からその浅草の居酒屋でずっと働いていたって訳か」

「いえ……。居酒屋で働く前は、飯盛り女をしていたそうです。内藤新宿の旅籠で。借金の形に、伯母夫婦に売られたと」

幾太郎は言い難そうに答え、目を伏せた。

飯盛り女とは、宿場の旅籠で旅人の給仕をし、場合によっては春も売る女のことである。その事実を知り、木暮は目を瞬かせた。

「飯盛り女だったのか……。それはいくつぐらいの頃だ？　よく抜けることが出来たな。ああいう仕事は借金なども嵩んで、辞めようと思ってもなかなか辞められぬものではなかろうか」

「飯盛り女をしていたのは二十歳頃までで、それから浅草に来て居酒屋勤めをしたそうです。辞められた経緯は、私も詳しく知りません。どうして易々と辞めることが出来たか私も気になりましたが、やはり飯盛り女をしていた頃のことを話すのは気が引けたのでしょう。当時のことを私がさりげなく訊ねても、はぐらかされてしまうのです。本人は、『真面目に働いて借金を返し終わったので出られた』なんて言ってましたけれどね。もしや……金子持ちの男に身請けしてもらったのはいいが、その男から逃げてきたのではないだろうかなんて勘繰ったりもしましたよ。お定の奴、妙にびくびくしているところがありましたからね」

「怯えていたというのか？」

「はい。なんとなくですが……誰かに追われているんじゃないかと思うこともありました。あいつ、亡くなる前、『このところよく眠れない』などと言っていたのです。元々、口数が少なく余計なことは喋らない女だったので、私も色々なことは訊ねずにいたのですが、それほど追い詰められていたのだとしたら、もっと親身になって話を聞いてあげればよかった。まったく、不甲斐ないです」

　幾太郎は頭を抱え、悔しそうに唇を嚙み締めた。妻の前では感情を押し殺していたのだろう、木暮と差しではお定を喪った悲しみが隠せぬようだった。

「まあ、今となっては仕方ねえよ。仮にあんたの推測どおり、お定が身請けしてもらった男から逃げていたとして、その相手がまずい奴だったとしたら、あんたに嫌われるのを恐れて何も話さなかったのかもしれねえし。あんたに危害が及ばなかっただけでも、よかったと思わねえとな」

幾太郎は伏せていた顔を上げ、木暮をじっと見た。切れ長の目の縁が、微かに赤く染まっている。幾太郎は押し殺したような声を出した。

「……その男が、お定に何かをしたというのでしょうか」

「それはまだ分からねえよ。探ってみねえとな。ところで、お定が働いていた内藤新宿の旅籠って、なんてとこか分かるかい？」

幾太郎は首を傾げて必死で思い出そうとしていたようだが、溜息をついた。

「いえ、分かりません。もしかしたらお定から一度くらい旅籠の名前を聞いたことがあったかもしれませんが、まったく憶えていません」

今度は木暮が溜息をついた。

「そうか……それだと探すのが難しいぜ。頼む、何でもいいから、お定が勤めていた旅籠に関して言っていたことを思い出してくれないか？　どんな些細なことでもいいんだよ。たとえば、その旅籠の名物とか、女将が美人で名高いとか、湯殿が立派だとか。ああ、そうだ、何か旨い料理を出すとか！」

幾太郎は再び考え込み、「あっ」と小さな声を上げた。

「思い出しました。お定は南瓜がとても好きだったんです。内藤新宿は南瓜の名産地で、旅籠で働いていた頃よく食べたと言っていました。その旅籠はなんでも南瓜料理が名物で、賄いにも出るのでありがたかったと。〝南瓜すいとん〟というのが特に旨くて名物料理だったそうです。内藤新宿は、唐辛子の名産地でもありますよね？　仄かに甘い南瓜すいとんに唐辛子を振り掛けて食べるのが最高だったと、あいつ言ってました。南瓜と唐辛子はよく合うそうです」

「いや、よく思い出してくれた！　南瓜の料理が名物で、特に〝南瓜すいとん〟が旨い旅籠か。よし、これなら目星をつけることが出来るかもしれねえ。幾太郎さん、礼を言うぜ」

「いえ、お役に立てれば、こんなに嬉しいことはありません。こうなったらお定のことを洗いざらい調べてもらって、あんな目に遭わせた下手人を捕まえてほしいです」

木暮は幾太郎を真っすぐ見た。

「あんた、お定のこと、好いていたんだな」

「ええ……。居酒屋で一目見た時から惹かれるものがあって、通ううちにあいつの身の上に同情するようになりましてね。それで私のほうから『造花師をしてみないか』と仕事の世話をして、長屋の世話もしてあげたんですよ。……手元に置いておきたかったんです。妻とは簡単には別れられないだろうと知りつつも。男の性でしょうか」

「そうしてお定は二十五歳から造花師の仕事を始めたんだな」

「ええ。お定は手先が器用で、美の感性も鋭くて、造花師としての成長は目覚ましいものがありました。人一倍、努力もしてましたしね。私はお定のそのようなところにも惹かれていたのです。……私が造花師の仕事を世話しようとした時、あいつ、酷く躊躇ったんですよ。その訳を執拗に訊ねたら、話してくれたんです。飯盛り女をしていた過去を。お定の奴、『私はこういう来し方の女だから、この先もしかしたら迷惑を掛けてしまうかもしれません』って泣きましてね。私に嫌われるのが怖くて、ずっと話せなかったと言っていました。でも私にとっては、そんな来し方などどうでもよくて、あいつを引き受けたという訳です」

「正直に話してくれてありがたい。ところでお直についても少々訊きたいんだ。あの人もお定と一緒に品評会に出ていたよな。お直も同じ店で造花師として働き、年齢もお定に近い。あの二人の仲はどうだったんだ？　率直に言ってほしい」

　木暮は、お直とお定との仲も気になっていた。お市たちの話に依ると、お直はお定に敵意を持っているように見えた、とのことだったからだ。幾太郎は溜息混じりに答えた。

「正直に申しますと、お直はお定をかなり意識していました。お直は『品評会では絶対に私が優勝する』と意気込んでいましたからね」

「二人は仲が悪かったのか」

「仲が悪いというよりも、お直が一方的にお定と張り合っていたのです。お定という奴は、元々競い合うことを好まず、我が道をいくという気性ですからね。お定はお直に普通に接していましたよ」

「競い合うことを好まないのに、品評会には出たのか」

「あれは私が『応募してみろ』とけしかけたのです。と申しますか、私どもの店で働いている女造花師たちは皆応募したんですよ。それで残ったのがお定とお直だったのです」

「そうだったのか。……お直は優勝を逃して悔しかっただろうな」

木暮は口には出さなかったが、心の中で呟いた。

――幾太郎はいい仲のお定を可愛がり、恐らく依怙贔屓していただろうから、お直はそういうところも気に食わなかったんじゃねえかな――

木暮は最後に訊ねた。

「あんたがお定と会っていたのは、お定の長屋だったのかい」

「はい。出合茶屋(であいぢゃや)を使うこともありましたが、やはりお定のところを訪ねることが多かったですね」

「そうか……。出合茶屋を使った時は、帰りが明け方になることもあったかい？」

「はい、そういうこともありました。でも、出合茶屋を使うにしても、あいつの家に泊まるにしても、明け方までの逢瀬(おうせ)というのはそう頻繁(ひんぱん)には出来ませんでしたね。人目もありますし」

「なるほどな」

木暮は既に、小柳町の長屋で聞き込みをした結果、お定が時折、酷く憔悴(しょうすい)した様子で明け方に帰ってくることがあったと知り得ていた。

――その朝帰りの相手は、やはり幾太郎ってことか。しかし、酷く憔悴した様子で、というのがどうも引っ掛かるんだよな――

木暮は幾太郎に、話を聞かせてくれた礼を言い、店へ戻らせた。

その夜、木暮は〈はないちもんめ〉に行き、寛(くつろ)いだ。

「くううっ、生姜が利いてて堪らねえなあ」

燗酒で一杯やりつつ、鯖の味噌煮を味わい、唸る。

「今の時季は、やっぱり鯖だよなあ。味噌の円やかさで包まれるから、脂が乗った鯖も諄さが薄れ、いくらでも食えるんだ」

箸が止まらぬ木暮を見詰め、お市はふっくらとした顔に笑みを浮かべる。

「よかったわ、気に入ってもらえて」

「〈はないちもんめ〉の鯖の味噌煮は最高だからな。この料理はそれほど手が掛かっていないようで、結構難しいのではないか？　この味はなかなか出せぬと思うぞ」

「そうなの。簡単そうな料理ほどコツがいるのよ。私が自分で鯖の味噌煮を作っても、このような味にはなかなかならないの」

「さすがは目九蔵さん、って訳か。……でも、女将が作った鯖の味噌煮も今度食ってみたいぜ、是非とも」

「機会がありましたら、是非。でも、お味が今一つでも文句言わないでね」

お市に酌をされながら、木暮は「酷え味じゃなかったらな」と笑った。

今夜も客の入りが良く、お紋とお花はそれぞれ常連たちの相手をしている。木暮はあっという間に平らげ、声を潜めて、お市に今日お定について知り得たことを話した。

「そうなの……。お定さん、内藤新宿で飯盛り女をしていたのね。そんなふうには見えなかったけれど」

お市も小声で返す。

「儚げだったと言っていたよな。どこか陰がある雰囲気だったとも」

「ええ。美人だったのよ、確かに。でも、なんていうのか、飯盛り女のような莫連には見えなかったの」

「まあ、女ってのは変わるだろうからな。仕事が変わって、付き合う男が変われば、見た目も雰囲気も自ずと変化するだろうよ」

「それもそうね。……それで、その旅籠を探ってみるの？」

「ああ、明日にでも早速行ってみる。〝南瓜すいとん〟が名物の旅籠か。見つけ出せるといいのだが」

すると目九蔵が追加の燗酒を運んできた。

「おう、ありがとよ。目九蔵さん、鯖の味噌煮、味がよく染み込んで、さすがだったぜ。あんたの腕は、やはり大したものだ」

「へえ、旦那に褒(ほ)めていただいて嬉しいですわ」

目九蔵は丁寧(ていねい)に頭を下げ、板場へ戻っていく。その後ろ姿を見送り、木暮は息をついた。

「相変わらず寡黙(かもく)で、何考えてるか分かんねえような爺(じい)さんだな」

「そんなことないわよ。目九蔵さんはたぶん、余計なことは何も考えてないのよ。余計なことも言わず、真面目に働いてくれて、本当に助かっているわ」

お市が注(つ)いでくれた酒を呑(の)み、木暮は笑みを浮かべた。

「まあ、女将がそう言うなら目九蔵さんは心底いい人なんだろうが、あんたもお人好(ひとよ)しだからな。悪い男に騙(だま)されちゃ駄目だぜ」

お市の脳裏(のうり)に段士郎の顔が一瞬浮かんでドキッとするも、表情を変えずに返す。

「あら、旦那こそ悪い女に騙されないように気をつけてくださいよ。綺麗(きれい)な女の人を見ると、すぐにお鼻の下がだらーんと伸びちゃうんだから」

「おいおい、大きなお世話だ！」

木暮は眉を顰(ひそ)め、酒をぐっと呑み干した。

帰り際、目九蔵が板場から出てきて、木暮に包みを渡した。

「〝南瓜のお焼き〟です。すんまへん、先ほど、南瓜がどうのとか、女将とのお話が耳に少し入ってしまいまして……。南瓜がありましたんで何か作ってお出ししようかと思いましたが、鯖を召し上がった後すぐに南瓜というのもなんですから、お土産がよろしいかと。御帰宅されて小腹が空いていらっしゃいましたら、お召し上がりください」

「気が利いてるじゃねえか。ありがたくいただくよ。こいつを食って、明日も探索を張り切るわ！」

「へえ、お受け取りくださって嬉しいです。わての腕を褒めてくださった御礼ですわ」

目九蔵はまたも頭を深々と下げた。南瓜餡がたっぷり入ったお焼きの包みは、ほかほかとしている。木暮は包みを大切そうに抱え、店を出た。するとお紋もやってきて、声を掛けた。

「旦那、いつもありがとね！　頑張ってんじゃない、最近。日暮じゃなくなって、いい男だよ！」

「ありがとよ！」

木暮は照れくさそうに返し、黒羽織を翻して月が照る中を歩いていく。だが酔っているので足元がふらつき、石に躓いてこけそうになった。

道の真ん中で「おっとっと」とよろめいている木暮に、お紋とお市は溜息をつく。

「やっぱり南瓜男だね、日暮の旦那」

「少しおっちょこちょいのところが、旦那の魅力でもあるけれど」

「なるほど、あんたと旦那は似た者同士ってことか」

「あら、失礼しちゃう」

母と娘は笑いながら、木暮の後ろ姿が見えなくなるまで、店の前に佇んでいた。二人の傍では、〈はないちもんめ〉と書かれた軒行灯の明かりが揺れている。

二

木暮は忠吾を連れて内藤新宿へ向かい、お定が働いていたという旅籠を探した。

「〝南瓜すいとん〟などの南瓜料理が名物の旅籠って知らねえかい」と聞き込みを続けると、「それなら上町の重宝院近くの〈はつ田〉ってとこだよ」と教えてくれる者がいて、木暮たちはそこへ飛んでいった。

〈はつ田〉はすぐに見つかり、木暮が十手をちらつかせ「御主人に話がある」と告げると、中に通された。木暮は廊下を歩きながら――おや――と思い、案内してくれる手代に訊ねた。

「こちらは創業何年ぐらいなんだい？」

「はい、七十年ほどになります」

「ほう、結構長くやっているのだな。それにしては老朽（ろうきゅう）していないな。よほど手入れが行き届いていると思われる」

「え、ええ。……手前どもはお客様相手の商（あきな）いゆえ、掃除や修繕はしっかりするよう心掛けております」

「うむ、そういうところで宿の格というものは分かるな」

大男の忠吾が歩くと錆（さ）びついた廊下などは軋（きし）むことがあるのだが、この旅籠ではそのような音も立たない。頑丈な造りということは窺えた。

奥の部屋に通され、少しして主の十蔵（じゅうぞう）が現われた。五十代半（なか）ばぐらいであろう、忠吾には劣（おと）るがなかなか強面（こわもて）の男だ。木暮は早速切り出した。

「八年ほど前まで、こちらで働いていた定という女について訊きたいことがあるのだが、憶えているか?」

　十蔵は顎をさすり、首を少し傾げた。

「定……ですか。八年ほど前……八年?　あ、もしや」

　十蔵の顔色が変わる。木暮は身を乗り出した。

「憶えていることは何でも話してほしい」

「は、はい。恐らく、〈松葉〉のことだと思います。あいつの本名は確か、定でした」

　十蔵は手代を呼び、仕舞ってある帳面を持ってくるように告げた。暫くしてそれが届くと、十蔵は指を舐めて捲り、食い入るように見詰め、苦い声を出した。

「やはり〈松葉〉と思われます。確認したところ、本名は定でした」

「なるほど、源氏名がついていたのですな」

「はい。飯盛り女として働くような場合は、違う名前をつけますからね。……そ、それで松葉がどうしたのですか?　あいつ、今、何処にいるのでしょう?」

　十蔵の様子から、お定と何か確執があったことが見て取れる。

「御主人、やけに焦っているが、どうしたんだ?　先にこちらの問いに答えてほしい。定は身請けされてこの旅籠を辞めたと聞いたが本当なのか?」

十蔵は強張（こわば）った面持（おもも）ちで、首を大きく横に振った。

「う、嘘（うそ）ですよ！　まったくの出鱈目（でたらめ）です！　……あいつは逃げたんですよ」

「逃げたと？　足抜けしたというのか」

十蔵は頷き、肩を落とした。額には汗が滲んでいる。

「……八年前の霜月（しもつき）（十一月）の頃でした。火事が起きたのですよ。周辺の旅籠をも巻き込む大騒動になり、そのどさくさに紛（まぎ）れて逃げてしまったという訳です」

「火事……。そうか、創業七十年でも真新しく見えるのはそのためか。八年前に建て直したのだろう」

「仰るとおりです。宿はほぼ焼けてしまいましたから、建て直すしかありませんでした。火事を出したというのは決して良い印象ではありませんから、そのことは簡単には口にしないよう手代たちにも申しつけております」

木暮の隣でおとなしく座っていた忠吾が、口を開いた。

「火事になった時のことを、詳しく教えてくれやせんか」

「はい……。特に変わったこともなく一日が終わりまして、皆が寝静まった後、九つ半（午前一時）頃に火が舞い上がったのです。後の調べに依りますと、火の元は二階の厠近くで、油を撒いて火をつけたのではないかということでした」

「犠牲者などは出なかったのか」

「手前どもの手代と飯盛り女が一名ずつ焼け死にました。お客様は無事でしたので、それは不幸中の幸いでした」

「うむ。それで定はその時、客を取っていたのか」

「はい。馴染み客と一緒に寝ておりましたが、その客もいなくなってしまったのです。焼死体は二体しか見つからず、その特徴から手前どもの使用人たちであったことは間違いありません。だから……もしや松葉、いえ定は、その馴染み客と一緒に逃げてしまったのではないかと。さては、その火事も二人が共謀して起こしたことなのではないかと……手前どもはそのように踏んでいたのです」

　木暮と忠吾はごくりと喉を鳴らした。

「その馴染み客というのは、どのような男だったか憶えているか?」

「はい。歳は三十後半から四十ぐらいだったでしょうか。すらりとした優男でしたが、いつも頭巾を被っていたので顔ははっきり見えなかったのです」

「頭巾を?　顔を見られてはまずいような者だったのか」

「このような場所に遊びにくるお客様には、身元を知られたくなくて頭巾を被っている方も多くおられますが、定の客は少々違ったようで、なんでも顔に大きな火傷の痕があるのを見られたくなかったようです」

「それはお定が言ったのか」

「はい、そうです。顔を隠していても目の鋭さは隠しきれず、手前どもはその客を侠客か破落戸なのではないかと思っておりました。顔にある火傷というのも偽りで、大きな刀傷のようなものではないかと。刀は差していなかったので浪人ではなかったでしょうし、妙に羽振りが良かったですから」

「なるほど……その破落戸と組んで騒ぎを起こして、お定はいなくなった、と」

木暮は胸の内で呟く。

――ならばお定が何かに怯えていたというのも分かる。その破落戸が未だにつき纏っていたのかもしれない――

木暮はさらに質した。

「なんでもいいから、その破落戸についてもっと詳しく憶えていないか？　ほかに何か特徴などはなかったかい？」

すると十蔵は神妙な顔でこんなことを話した。

「はい、私が見た訳ではないのですが……。定の具合が悪くてどうしても店に出られなかった時、一度ほかの女が相手をしたことがあったんです。その女が言っていたことですが……男の腿に刺青が彫られていたそうです。右の腿か左のそれかは忘れましたが、髑髏の図が彫られていたと」

　木暮と忠吾は目を見開いた。

「そのようなものを腿に……」

「はい。その時、男がずっと頭巾を被ったままだったということも相俟って大層気味が悪かったと、相手をした女はぼやいておりました」

「確かに気味の悪い男だな。それまでも相当悪事を働いていたのかもしれぬ。御主人は先ほど、その男の歳を三十後半から四十ぐらいだったと言ったが、では八年経った今では四十前半から五十手前ぐらいということか」

「はい、それぐらいかと思いますが……もしかしたら少しのぶれはあるかもしれません」

「ならば、四十前後から五十前後と見ておくか」

「そうですね。そのほうがよろしいかと思います」

　四十前後から五十前後のすらりとした優男……不意に或る男の影が浮かんだが、木暮は――まさか――とそれを打ち消した。

十蔵はさらに続けた。

「実はその火事の時、どさくさに紛れてもう一人飯盛り女がいなくなってしまったのです。あの女もその二人の仲間だったのかどうか、謎なのですが」

「それは、どのような女だ？」

「はい。ここでは〈富貴〉という名で働いておりました。定と歳が近くて、入ってきたのも同じ頃だったので、同じく牡丹に纏わる名をつけたのですよ。だからよく憶えております」

ちなみに牡丹は別名を〝富貴草〟ともいう。

「それで〈富貴〉の本名は確か……」

十蔵は親指を舐め、再び帳面を捲り、声を上げた。

「豊です。定と豊は仲が良かったので、やはり仲間だったのでしょうか。二人とも借金を残したまま逃げてしまいましたよ……悔しいことに」

木暮も忠吾も瞠目した。

「そ、その豊というのはどんな女だったか、もう少し詳しく聞かせてくれねえか」

「はい。小柄で顔立ちがやけにはっきりしていて、目と口がとても大きかったです。甲斐の生まれで勝気な女でしたね」

木暮はさらに目を見開いた。祭りの時に取り調べをしたお豊と、同じ人物のように思われる。

——あの時お豊は、お定とは今日初めて会った、と言っていた。それに、お定のことを敵視しているようだった。仮にこの旅籠にいた〈富貴〉が本当にあのお豊と同じ者だったとして、ここではお定と仲が良かったということは、その後に仲間割れでもしたというのか——

十蔵が突然、木暮と忠吾に頭を下げた。

「旦那方、どうかお願いです。定と豊を見つけ出してください。……手前どもも、この辺りを仕切っているその筋の者たちに頼むなどして必死で探したのですが、見つけ出すことが出来なかったのです。あいつらが組んで火事を起こしたとしたら、許されざることです。手前どもがどれほどの損害を被ったか、察していただきたい。あの二人を捕まえて、お白洲に突き出してやってほしいのです」

よほど悔しかったのだろう、平伏した十蔵の肩は震えている。木暮は「顔を上げてくれ」と静かに言った。

「御主人の無念は分かるが、定は死んだ。豊のほうはまだ分からぬ。はっきりしたことが知れるには、もう少し待ってほしい」

「し……死んだ？　借金を踏み倒し、手前どもに多大な損害を与えておいて……死んだというのですか」

十蔵は力が抜けたように、がくがくと崩れ落ちる。そして唇を噛み締め、声を絞り出した。

「火炙りにでもしてやらなければ……気が済まなかったですわ」

木暮は溜息をつき、十蔵の肩を励ますように叩いた。


その帰りに木暮と忠吾は〈はないちもんめ〉に寄った。もう店が閉まる頃だったが、お市は二人を中に入れてくれた。

「内藤新宿までは遠いものね。お疲れさま」

行灯の明かりの中で美しいお市に酌をしてもらい、木暮の顔はみるみる緩む。

「いやあ、やっぱりこの店はいいねえ。生き返るぜ！」

「木暮の旦那、さっきまで厳しい顔してたんですけどね。女将さんの前ではこのざまですわ」

木暮は「余計なこと言うんじゃねえ」と忠吾を小突き、忠吾は「すみやせん」

と項垂れる。そんな二人を、お市は温かな笑みを浮かべて見ていた。するとお紋が料理を運んできた。

「はい、〝鰻の蒲焼き〟だよ。これ食べて精をつけておくれね」

「おおっ、これは旨そうだ！」

ほかほかと湯気の立つ鰻の匂いを吸い込み、木暮と忠吾は揃って唾を呑む。

「脂が乗ってやすね。堪りませんや」

「土用の時も食べるけどさ、鰻の旬は冬だからね。肉厚だよ。食べて、食べて！」

お紋に急かされ、木暮と忠吾はかぶりつく。コクのあるタレに塗れた鰻はふっくらとしていて、噛むと口の中で蕩けた。

「くううっ、絶品じゃねえか！」

「あっし、飯もほしいです。二口か三口で食べちまいそうなんで、大女将、早く飯をお願いします」

「はいよ！　ちょいと待っててね」とお紋が板場へ行きかけると、お花が御飯を運んできた。

「忠吾の兄いは御飯がないと済まないと思ってさ。大盛りを持ってきてやった」

お花が丼を差し出すと、忠吾は「ありがとうございやす！」と忽ち食らいつく。お花は木暮にも御飯を出した。

「気が利いてるじゃねえか、お花」

「目九蔵さんに礼を言ってよ。急いで炊いてくれたんだからさ」

「よし、お花、目九蔵さん呼んでこい。ほかに客がいなくて店も終いだろ？　皆で吞もうぜ」

「あら、旦那、気前いいじゃない！　私も御馳走になっていいのかい？」

「あったりめえよ。お花、お前らの分の盃も持ってこいよ。ただし一杯だけな」

お花は「はいよ」と気の抜けた返事をし、板場へ向かう。お紋は「一杯だけっていうのがねえ……なんとも吝嗇臭いんだよねえ。旦那らしいけれどさ」とぶつぶつ呟いていた。

皆で酒を酌み交わした後、木暮は〈はつ田〉で知り得たことを語った。同心として守秘義務はあるが、〈はないちもんめ〉の面々の顔を見ると木暮はどうも気が緩むようで、ついつい話してしまうのだ。その裏には――こいつらは少々間が抜けているが気はよい奴らなので、秘密を漏らしても大丈夫だろう――という安心感があった。

はないちもんめたちは真剣な面持ちで話を聞き、お定の来し方を知って驚いた。中でも衝撃を受けたのはお花だった。

――幽斎さんが視たことは当たっていた――

と、ひたすら感嘆する。

燃え盛る火、緋色の襦袢姿のお定、悪霊。すべて意味が分かるように思えたが「葛籠に閉じ込められた、薔薇を抱いた娘」というのが謎として残る。

お花は占いの内容を皆に話すべきかとも思ったが、躊躇ってしまった。幽斎の占い処に通っていることは、やはり秘密にしておきたかったからだ。

そして木暮の口からお豊の名が出た時には、皆「ええっ」と愕然とした。

「まだはっきりお豊と決まった訳じゃねえが、特徴などを聞くに、どうも同じ者のようだ。こちらも探りを入れてみねえとな」

お花が「そういや」と話し始めた。

「この前、お豊が裕福そうな男と出合茶屋に入っていくところを見たんだ。祭りで見た時とは打って変わって淑やかな雰囲気だったけれど、あれはお豊に間違いないよ。とても優しそうな笑みを浮かべていて、あの人でもあんな顔するんだ、って驚いたさ」

「それはどこの出合茶屋だ？」

「えっと……両国だよ。広小路の脇の辺りの」

「あらお花、そんなところに何をしに行っていたの？」

母親に見詰められ、お花は目を逸らして腕を組む。

「店が休みの時、遊びにいってたんだよ。ほら、芝居だ！　小屋に芝居を観にいってたんだって」

芝居と聞いて、今度はお市が狼狽える。

「そ、そう。まあ、たまにはね。遊びにいくのもいいわ」

頬がほんのり紅潮した娘を不思議に思いつつ、お紋は勘を働かせた。

「ってことはさ、お豊って、その裕福そうな男と良い縁談でもあるのかね。……そうすると、飯盛り女をしていた来し方を知っている人は、邪魔になるかもしれないね。それも、付け火をして逃げ出したのが本当だとしたら尚更ね」

お花が身を乗り出す。

「お定さんにばらされるのが嫌で、口封じをしたってことかい？」

「そう決まった訳ではないけどさ、動機はあるってことだね。お豊には」

　お市も口を挟んだ。

「それなら……お定さんが働いていた造花屋のお内儀さんだって怪しいじゃない。旦那さんとのことを怒っていたんでしょう」

「造花屋のあの主だって怪しいとも言えるな。話を聞いた限りでは、お定を本気で好いていたようだが、実のところは分からねえ。女房にちくちくと責め立てられ、お定が段々邪魔になってきていたかもしれねえしな」

　木暮は酒を啜り、考えを巡らせる。お紋も頷いた。

「あの主、お内儀だけでなく、お定さんからも責められていたかもしれないもんね。『私のことはどうするの？』みたいにさ」

「なんだか、誰にも動機があるように思えてくるね。その逃げちまったっていう、頭巾を被っていた男も怪しい。今、どこで何をしてるんだろう」

　お花の言葉に、皆、頷く。木暮が言った。

「兎に角、これでお定が怯えていた訳が分かったな。やはり後ろめたい来し方があったということだ。それにずっと縛り付けられていたのだろう」

「ねえ、その頭巾の男がやったってことはない？　お祭りの時にどこかにいて、お定さんを付け狙っていたのかもしれないわ。お定さん、あの時、様子がおかしかったもの。その男の影に、気づいていたのかも」

祭りの時を思い出しながら、お市が言う。お花が口を挟んだ。

「それなら、頭巾の男とお豊が共謀してお定さんを消しちまったのかもしれないね。あの祭りの時、かつて悪さをした仲間たち三人が集まっていたのかな」

「うむ。考えられなくもねえなあ」

木暮が眉根を寄せ、お紋は目を瞬かせた。

「でもあの時、頭巾を被った男にゃあ気づかなかったねえ。顔に火傷の痕や刀傷があるって男にも。まあ、あんだけ大勢人がいたら分からないかね」

「わても気づきませんでしたわ。まあ、ひょっとしたら端から顔に火傷の痕や刀傷などなかったのかもしれませんけどな。ただ身元を分からなくするために頭巾を被っていただけちゃうかと」

木暮は目九蔵に酒を注いだ。

「目九蔵さん、いいとこついてるぜ。まあ、顔の傷はさておき、その頭巾の男が八年前に三十半ばから四十歳ぐらいだったといえば、今は四十前後から五十前後と見るとしよう。すらりと細身の優男で、その頃から妙に羽振りが良かったと。

さて、今、どこで何をしているのやら」

「それにしてもさあ、なんだかやりきれないね。あんなに綺麗な図案を考えて優勝までした女が、付け火なんて犯罪に手を染めていたかもしれないなんて」

お紋が溜息をつく。すると酔いの廻った忠吾が、ぼそっと呟いた。

「女ってホント、嫌ね。嫉妬深くて、狡くって。醜いわ」

――始まった――と、お市たちは顔を見合わせる。お紋がからかうように言った。

「それであんたは衆道のほうにいったって訳かい？　女に幻滅してさ」

「ふん。人のことをよく知りもしないで、偉そうに言わないでちょうだい。あたしは男色って訳ではないわ。ただ木暮の旦那を大切に思っているだけなんだからね」

「どこがいいんだい？　こんな日暮れてるおっさん」

「違うわ！　旦那は日暮れてなんていない。そう見せかけておいて、決める時は決めるんだから。あたしの旦那に失敬なこと言わないでちょうだい！」

忠吾は妙に長い睫毛を瞬かせ、唇を震わせる。

「痘痕も靨ってやつだね。くわばらくわばら」

お紋は肩を竦め、木暮は神妙な顔で酒を啜る。忠吾は畳をどんと叩いた。

「あんたみたいな厚かましい婆あに、あたしの細やかな女心、分かる訳ないじゃないのっ！」

「女心！　女心だってよ、こんな羆みたいな大男が！」

「失礼だろ、婆ちゃん。忠吾の兄いは羆じゃなくて〝乙女〟なんだよ、いじらしいじゃねえか」

お花が諭すも、お紋はげらげら笑い続ける。そんなお紋を、忠吾は手拭いの端を嚙み締めながら、じとっと恨みがましく睨める。複雑そうな顔で咳払いする木暮に、お市はにっこり微笑んだ。


店を閉め、自分の部屋で一人になると、お花は木暮の話と幽斎の占いを重ね合わせ、再び考えた。幽斎が言うところの「葛籠に閉じ込められた、薔薇を抱いた娘」というのが、やはり引っ掛かる。

――葛籠に閉じ込められた娘って、何を意味するのだろう。そして、お定さんと頭巾の男に、どう繋がるのだろう――

お花は頭を悩ませた。

木暮は配下の者や忠吾に、お豊やお直、〈幾花〉の主夫婦たちを張らせ、自らはお峰にもう一度話を聞いてみることにした。祭りの時の取り調べで、お峰は、お定が居酒屋で働いていた頃に知り合ったと言っていたので、何か新しいことを聞き出せるような気がしたからだ。

――ほかの女たちと違って、お峰は良い性分だから、話も聞きやすい――と木暮は思い、軽やかに歩を進める。木暮がなんとなく浮き足立っているのには、訳があった。

お峰が住んでいるのは〈はないちもんめ〉がある北紺屋町近くの、金六町の長屋なのだが、どうもその大家というのが、奇しくもお紋の天敵のお吟であるらしいのだ。お紋はお吟のことを〝化け猫〟と言って憚らず、二人の確執というのを木暮は以前から度々聞かされていた。

それは今から五十年前まで遡る。お吟は幼少の頃から「他人の物を何でもほしがる」性悪だったようで、お紋に散々迷惑を掛けたらしい。決定的となったのが、お吟が、「お紋の想い人」をほしがったことだった。その想い人とは、後にお紋の夫となる多喜三である。お紋とお吟は、多喜三を巡って、娘時代に大喧嘩をしたことがあるのだ。

多喜三はお紋を好いていたのだが、多喜三に横恋慕したお吟が一方的にお紋を目の敵にして、様々な嫌がらせを企てた。しかし、それにもめげず、お紋は多喜三といい仲になった。

多喜三は腕の良い板前で、町の皆が集まる料理屋で働いていた。女房と死別していた多喜三はどことなく翳りのある二枚目で、女からも人気があった。お紋はその料理屋で一緒に働いており、顔は些かおかちめんこだが、気立てが良くて働き者なので、多喜三にいつしか見初められていた。

多喜三に振られた腹いせに、お吟はお紋を待ち伏せし、暴れた。伸びた爪でお紋の顔を引っ掻き、傷を負わせたのだ。まさに化け猫の所業である。

顔を傷つけられたお紋だったが、お吟を「振られて気の毒な女」と憐れみ、騒ぎ立てることはしなかった。なのにお吟は、よほど憤慨したのか、お紋の悪口をあちこちで吹聴して廻ったのだ。

「多喜三さんを騙した」だの「あんな顔して男たらしだ」だのと。

だが、お吟の意地悪に易々と負けるようなお紋ではなかった。

荒波を乗り越え、お紋は多喜三と夫婦になった。すると、お吟もさすがに諦めたようで、嫌がらせは収まった。そして、それから間もなく、お吟も嫁いだ。それが達蔵という差配の男で、お吟は長屋の大家の妻の座に、強か収まってしまったのだ。その長屋は達蔵が所有しているもので、店子からの賃料で暮らしていけるゆえ、あくせく働かなくてもよい。多喜三と〈はないちもんめ〉を始めて、お紋が汗水垂らして働いていた時に、お吟は左団扇だったという訳だ。そして、その悠長な暮らしは未だに続いている。

　それが、お紋は許せない。かつてはあれほど嫌がらせをしてきた女なのだから、腹立たしくて当然であろう。こうしてお紋のお吟に対する不満はますます募っていき、一時はお吟という名を聞くだけで気分が悪くなったほどだ。

　一方、お吟はお吟で、お紋のことはまだ根に持っているらしく、こんなことを言っている。

「多喜三さん、あんな女と一緒にならなかったら、長生き出来たでしょうに。お紋ってのは、男を食い殺す女だよ！　丙午かい？　歳誤魔化してんだよ、あの疫病神！」と。

　多喜三を巡ってお紋に負けたことが、よほどお吟の矜持を傷つけたようだ。しかしお吟の亭主である達蔵は、どうしてか〈はないちもんめ〉の常連でもある。

女房の目を盗んでは、時折〈はないちもんめ〉を訪れるのだ。普段お吟に首根っこを押さえつけられている達蔵も、たまには息抜きをしたいようで、店でお紋と一緒に愚妻の悪口を言っているのを木暮は耳にしたことがある。

しかし、これほど〈はないちもんめ〉に通いつめているというのに、木暮は未だにお吟に会ったことがない。お吟は〈はないちもんめ〉はおろか、絶対にこの界隈に寄りつかないからだ。お紋の今までの話から、お吟というのはまさに化け猫、妖怪のようにも思える。そのお吟に初めて会えるかもしれないのだから、好奇心が頭を擡げて当然だ。

——いったいどんな鬼婆なんだろう。大女将より一回りも二回りもでかくて、口が耳元まで裂けているような婆あなのかもしれん。或いは大女将の半分ぐらいにがりがりで、皺だらけの目尻がうんと吊り上がってるような婆あなのかもしれん。どんなのに会えるか、楽しみだぜ——

仕事というのに不謹慎であるが、木暮はわくわくしながら、あっという間にお吟の長屋に辿り着いた。

——ほう、ここがそうか。なかなか立派な長屋じゃねえか。各々の家の障子戸も破れてねえし、修繕も抜かりないようだな——

お吟に会えるのを楽しみにしつつ、もちろんお峰への聞き込みも忘れていない。お峰が仕事から帰ってくる頃を見計らって来たのだが、この時季は暮れるのが日一日と早まり、既に陽が傾きかけている。長屋の路地に、煮炊きの匂いと煙が漂っていた。

――お峰が住んでいるのがさすがにどの家かは分からんから、まずは大家のところへ行って訊ねてみるか――

すると箒を持って落ち葉をせっせと集めているおかみさんが目に入った。老婆なのだが、そう言っては悪いような、おっとりと可愛らしいおかみさんだ。ちんまりと小さな躰に洒落た生成りの着物を纏い、飴色の簪を挿している。

木暮と目が合うと、そのおかみさんは優しい笑みを浮かべて会釈をした。

――なんだか森に棲んでる栗鼠みてえな婆さんだな――

おかみさんの笑顔につられ、木暮も微笑む。

「綺麗な長屋ですな！」

栗鼠のようなおかみさんは「ええ」と、にこにこしている。

「ちょっと用があってきたのだが、大家がいるところはどこかな。案内してくれんか」

「はい、こちらです」

おかみさんは優しい声で、長屋の奥へと木暮を連れていった。

木暮は「ありがとう」と礼を言い、大家を呼ぼうとすると、おかみさんがすっと戸を開けた。そして木暮が――えっ？　――と思っているうちに、草履を脱いでさっさと中へ上がっていく。

「お、おい！　大丈夫なのか、勝手に入って」

木暮が心配そうに叫ぶと、可愛らしいおかみさんは振り返ってにっこり微笑んだ。

「大丈夫ですよ。私がこの長屋の大家ですから」

「い、いや。ここの大家はお吟という人と聞いているが。御主人が達蔵で」

木暮はきょとんとした。

「はい、そうです」

「で、お吟はどこかな？」

「はい、私です」

「いや、お吟に用があるのだが」

「だから、私です」

目の前のおかみさんは穏やかに微笑んでいる。木暮は暫し考え、目を見開いた。

「おっ、おまえさんがお吟かい！　こっ、これは失礼した」

お吟は栗鼠のような黒目がちの瞳をくりくりとさせ、木暮に向かって微笑んだ。

「だから安心なさってお上がりください。お茶でもお出ししますので」

お吟に促されるまま、ばら緒の雪駄を脱ぎ、木暮は心の中で呟いた。

──吃驚したなあ、もう！　大女将の話からどんな鬼婆かと思いきや、えらく品があって可愛らしい婆さんじゃねえか。いや婆さんと言っては失礼だ。可愛い娘が年取った、って感じだ。人の話ってのは本当に当てにならねえなあ。何事も自分の目で確かめてみねえとよ──

狐につままれたような気分だった。

金鍔とお茶を馳走になりながら、木暮はお吟に訊ねた。

「こちらに住んでいるお峰に訊きたいことがあって来たのだが、いつ頃帰ってくるかな」

するとお吟は怪訝な顔をした。

「お峰さん、何かしたのですか？」

「いや、先だっての《日本橋亥の子祭り》で死者が出たのを知っておるだろう。お峰はあの祭りで、その死亡した女と、考案した着物の柄を競い合ったんだ。それで、その時のことをもう少し詳しく訊きたいと思ってね」

「そうですか……。お峰さんがあのお祭りの品評会に出られたということは、聞いておりました。そのような訳でしたら、ちょっとお待ちくださいね」

お吟は立ち上がって家を出ていき、すぐに戻ってきた。

「お峰さんのお隣さんに、お峰さんがお仕事から戻ったら伝えにきてくれるよう、頼んでおきました。もうすぐ帰っていらっしゃると思いますよ」

「それはありがたい」

木暮はお吟に一礼をした。お吟の話だと、夫の達蔵は碁を打ちにいき長引いているようだ。木暮はお紋のことをさりげなく訊ねてみたいとも思ったが、どうも気が引けるので、今日はやめておくことにした。

――どうしてもこのお吟と、お紋が言ってた化け猫お吟と、一致しねえんだよなあ。おかしな気分だなあ――

目の前のお吟を眺めながら、木暮はお茶を啜って首を傾げた。

ほどなくしてお峰が戻ってきて、木暮はお吟のところからお峰の住む家へと場所を変え、話を聞くことにした。

　お峰は相変わらずおっとりしており、木暮の突然の訪問にも嫌な顔一つせず、迎え入れた。お峰には亭主がいるが、まだ帰っていないようだ。

「お疲れのところ悪いが、もう少し聞かせてもらいたいと思ったんだよ。おまえさんは、お定が居酒屋で働く前は何をしていたか、本当に知らなかったかい？」

「はい、本当に知りませんでした。色々なことを訊くのは失礼なような気がして、私もあまり詮索しませんでしたし」

「うむ。では、お定が男関係で悩んでいるようなことはなかったかい？　たとえば……変な男につき纏われている、とか」

　お峰は眉間に皺を寄せた。

「つきまとわれている、ですか？　いえ、そのようなことは聞いたことがありません。……でも、言われてみればお定さん、なんとなく何者かの影に怯えているような様子はありました。しつこい男でもいたのでしょうか。確かにお定さんは見てくれも良くて、男の人に好かれる質（たち）でしたから、もしかしたらつき纏うような人がいたかもしれませんね。魅力のある方は御苦労も多いのだと思います。男の人にはつき纏われて、女の人には妬まれて」

お峰が淹れてくれたお茶はお吟が淹れてくれたそれより薄かったが、喉越しが良く、木暮の好みだった。

「お定が付き合っていた男について、何か知っていないか？　正直に答えてほしい」

「え、ええ」

言葉を濁すお峰に、木暮は畳み掛けた。

「お定が勤めていた〈幾花〉の主も、浅草の居酒屋にはよく訪れていただろう？　あの二人がそういう関係だったことは知っていたか？　もう調べはついている。隠すことはない」

お峰は目を伏せたまま、頷いた。

「幾太郎さんのことは知っていました。お定さんに相談されたこともあったのです。幾太郎さんにはお内儀さんがいらしたから、お定さんも躊躇っていたようでした。だから、居酒屋を辞めて〈幾花〉で働くことを決めた時、ずいぶん思い切ったなあとも思いました。幾太郎さんの強い願いだったそうですが、好いた男のお内儀さんの顔を始終見ながら働くのは決して楽ではありませんものね。お定さんのことを心配もしましたが、よいお仕事が見つかってよかったと、祝福する気持ちのほうが強かったです」

「思い遣りがあるのだな、おまえさんは。それで、お定が幾太郎の前に、誰かと付き合っていたというのは知らぬか？　知っていたら是非教えてほしいのだが」

　お峰は必死で思い出そうとしていたが、首を振った。

「ごめんなさい、よく知りません。お定さん、居酒屋で働き始めて、割とすぐに幾太郎さんと知り合って深い仲になったのではないかしら。お定さん目当てで通っていた男の人は確かにいたと思いますが、お定さんは幾太郎さんに一途だったでしょう。お定さんは幾太郎さんのことを好いていたんですよ、本当に」

　お峰は澄んだ目を瞬かせた。

　木暮はお峰に礼を言って去ろうとしたが、最後に一つだけ訊ねた。

「あのお吟の御主人の名は本当に達蔵だよな？　達蔵と吟っていう名前の夫婦、ひょっとしてこの近くにほかにもいるかい？」

「いえ……聞いたことありませんねえ。達蔵さんとお吟さんの御夫婦は、この長屋の大家さんだけですよ」

　微笑むお峰に、木暮は「失礼した」と頭を下げ、去った。

帰り際、木暮は歩きながらぶつぶつ呟いた。

「どうしてまあ、同じ品評会に出た女同士で、これほど性格が違うのかねえ。お豊もお直もすれっからしだが、お峰はおっとりとしていて上品だ」

木暮はふと思った。

──そうか、半衿（はんえり）か。あの二人とお峰がどことなく違うのは中身だけでなく、〝半衿〟の印象だったんだ──

半衿とは、襦袢（じゅばん）に縫いつける替え衿のことだ。着物からちらと覗（のぞ）く半衿に凝（こ）るのは、洒落た女心であろう。

祭りの時、お豊もお直も無地の色つきの半衿だったのに、お峰だけ柄物の半衿だった。そしてお峰は、今日も柄物の半衿をつけていた。白に近い薄い黄色に、木の芽の柄が刺繡（ししゅう）されていて、珍しいものだがよく似合っていたのだ。

お峰を見張る必要はないと木暮は判断したが、お定が勤めていた居酒屋は一度探ってみたほうがよいと考え、忠吾に行かせた。居酒屋の名が〈ちぐさ〉であることは、幾太郎から聞いて分かっている。すると忠吾は新しいことを摑んできて、木暮に報告した。

「居酒屋で働いている者たちや、予（かね）てからの常連たちから聞き込んだことですが、お定とお峰はある男を巡って恋敵だったことがあったようです」

　木暮は目を丸くした。

「それは本当か？」

「はい。男はやはり居酒屋に通っていた客で、元々はお峰といい仲だったそうですが、お定が横取りした形だったと。それでお峰は『居酒屋で働いてる女が、客の男を寝取るっていうの？』と、酷く怒ったということです。二人は店の中で取っ組み合いの喧嘩までしたのだとか。そんなこんなで一時、お峰は店にまったく来なくなってしまったことがあったと」

　木暮は瞬きもせずに忠吾の話を聞き、深い溜息をついた。

「まったく……女ってのは本当に分からねえもんだなあ。それで、その取り合った男ってのはどうなったんだ？」

「ええ、伝次郎っていって大工の仕事をしていたそうですが、お定と付き合うようになってすぐに屋根から落ちて、一命は取り留めたものの腰を傷めて働けなくなり、お定に逃げられ、酒に溺れるようになって、そのうち江戸を離れてしまったそうです」

「酷え目に遭ってるじゃねえか」

「ええ。伝次郎は暫く、お定のことを『あいつはおとなしい顔して人に災いをもたらす女だ。深入りしないほうがいい』と罵っていたといいやす。確かに、お定は伝次郎から離れてすぐに幾太郎と付き合うようになったそうですよ。お定は伝次郎にとなしい顔をして強かな面を持っていたのかもしれやせん」

「伝次郎はお定につき纏うことはなかったようだな。お峰と縒りを戻す気はなかったのか」

「伝次郎にはその気があったようですが、お峰が突っぱねたようですよ。お定に捨てられた男じゃ、お峰も嫌だったのでしょう。その頃は冷めていたと思いやす」

木暮は腕を組み、首を傾げた。

「しかし、不思議だ。お峰はお定と喧嘩して居酒屋へ来なくなっちまったんだろ？　なのに、どうしてお峰はお定と幾太郎のことを知っていて、『相談された』などと言ったのだろう」

「ああ、これはあっしの言葉足らずで申し訳ありやせん」と忠吾は頭を下げ、続けた。

「伝次郎が江戸からいなくなると、お峰は再び居酒屋を訪れるようになったそうです。その頃はもう伝次郎のことは水に流したように、お峰はお定と普通に話していたといいやす」

「うむ。……よく分からねえが、伝次郎が消えてさっぱりしたので、女たちはまた仲良くなったってことか」

「ええ。そうも考えられやすが」

忠吾は一旦(いったん)言葉を切り、妙に長い睫毛を瞬かせ、分厚い唇を少し舐めて続けた。

「あっしが思いやすに、お峰はわざとお定に再び近づいていったのかもしれやせん。何か弱みでも握ろうとして。……お峰は、お定に幾太郎とのことを相談されたと言っていたそうですが、巧(うま)いことそそのかして、自分から聞き出したのかもしれやせん」

「どうしてそんなことをしたというのだ？」

忠吾は再び唇を舐めた。

「これはあっしの勘なのですが、表面上は優しげにしていても、お峰はお定のことを決して許しちゃあいなかったと思うんです。さばさばしている気性の女もいれば、ねちねちした気性の女もいて、お峰は後者なのではねえかと。ねちねちと陰湿な女なら、近寄っていって弱みを握り、そこを突いて落ち込ませてやろうとするかもしれやせん。あわよくば弱みをネタに恐喝しようとも」

「そうやって復讐しようというのか。恐ろしいな」

木暮は首を竦める。

「事実、お峰が居酒屋に再び通うようになってから、勘定をせずに帰ることが何度かあったそうです。どうしてそんなことが出来るのか不思議に思った客がお峰に訊ねてみたところ、『お定さんの奢りなの。私、常連の一人だから、あの人、気を遣ってくれるのよお』などと言ってにやにやしていたようです」

「なるほど。幾太郎を本気で好いてしまったお定の心につけ込んで、相談に乗るふりをして色々なことを聞き出し、それを逆手に取って甘い蜜を吸おうとしていたって訳か」

「そうだと思いやす。お定が幾太郎の店で働くことになって引っ越すと、お峰は居酒屋に来て悪口を言いまくっていたといいやす。そのうちお峰も仕事場が変わって引っ越し、畢竟、居酒屋へも来なくなったそうです」

「よく調べてくれた。礼を言うぞ。つまりは、お峰もお定のことを心の中ではまったくよく思っていなかったということか。あんなに優しい笑みを浮かべながら！　お峰がお定のことを決して悪く言わなかったのも、己のどす黒い心を気取られぬようにしていたのだな。恐ろしい……女というのは本当に分からぬものだ。女人不信になりそうだわ」

木暮は己の額をぴしゃりと叩く。

「旦那のお気持ち、聢と分かります」

忠吾は長い睫毛を瞬かせながら、木暮をじっと見詰める。木暮は苦々しく言った。

「でも、まあ、実のところお定のことをよく思っていなかったとしても、お峰は殺めることまではしないだろう。お峰には亭主もいるし、来し方はどうであれ、今はそれなりに幸せだろうしな」

「いや、それがですね」

忠吾の声が一段と低くなる。

「ちょっと気になりやして、お峰の夫婦仲についても探ってみたんです。お峰の亭主は兵伍といいやして、車引きをしておりやす。腕力のいる仕事をしている割に兵伍は細身の二枚目で、兎に角女にもてるらしく、お峰も苦労しているようですぜ。ぱっと見は優男、実は筋肉に覆われた躰ってのが、いいんでしょうかねえ」

　忠吾が一瞬にやけたのを、木暮は見逃さなかった。

「うむ。……その兵伍ってのは、幾つぐらいなんだ」

「はい。お峰と一回り離れているそうで、三十八歳とかいってやした。兵伍はおまけに賭けごとも好きらしく、お峰は金子の面でも骨折りしているようですぜ。もし賞金目当てに品評会に出たとしたら、お定にそれを奪われて、内心カッカきていたかもしれやせん」

　木暮は顎を撫でつつ、考えを巡らせた。

「……まさかその兵伍って男、刺青を入れてるなんてことはねえよな」

「凶状持ちってことですかい」

「いや、そっちの入れ墨ではない。昇り龍や牡丹のほうだ」

「すみやせん。そこまでは調べておりやせんでした。かしこまりやした、刺青の有無、探ってみやす」

「頼んだぞ。腿に入っていると分かったら、すぐに知らせてくれ」

「かしこまりやした」

「うむ。お峰と兵伍も、やはり見張ってほしい。悪いな忠吾、色々頼んじまって」

「いえ、滅相もありやせん！　お役に立てて嬉しいですぜ、旦那」

忠吾は強面の顔に、優しい笑みを浮かべた。

三

お定が亡くなった事件から二十日ほど経ち、町娘たちの神隠し事件もなりをひそめていた頃、今度は町娘が襲われて半衿を奪われるという事件が二件続けて起きた。

人気のない道で背後から頭を殴られ気を失ったところを、半衿だけ引き裂かれて持っていかれたという。

木暮を始め、奉行所の者たちは皆、訝った。

「娘が襲われるということで、失踪事件と何か関連があるのか？　それともただの半衿の盗難に過ぎないのか？」と。

被害に遭った娘たちは、「奪われたのは〈笹野屋〉で買った半衿だった」と口を揃えた。どうやら柄も同じらしい。

〈笹野屋〉は、件の《日本橋亥の子祭り》の時、品評会を主催した呉服問屋である。何かの臭いを感じた木暮は〈笹野屋〉を訪ね、話を聞いた。

〈笹野屋〉の大旦那である宗左衛門は、憔悴した面持ちで木暮に語った。

「被害に遭われた娘さんたちが奪われた半衿は、亡くなったお定さんが考案したもので、品評会の前に図案を私に渡していたのです」

「お定が、こちらへ持ってきたのですか」

「はい。決勝まで残ったということを勤め先へ連絡したところ、お定さんが訪ねていらしたのです。『半衿の図案も考えてみたので、是非、見てほしい』と」

「ふむ。売り込みということですか」

「私も初めはそう思ったのですが、お定さんはやけに沈んでいて、どうしても売り込みたいというような野心は感じられませんでした。お定さんは単に、自分が考案した図案を見てほしいという純粋な気持ちだったのではないでしょうか。しかしながら、何か強い意志のようなものを感じたのも確かです。お定さんは血の気はなかったものの、目に力がありましたから。有無を言わせぬような」

「自分が考えた図案を預かってほしいと？」

「そうです。……お定さんは図案だけでなく、実際に半衿を十枚作って、それも私に渡してくださいました。『気に入ってくださったら、売っていただいても構いません』と。遠慮なさってか、取り分については何も仰らなかったのです。だから私のほうから訊ねました。『では売れましたら、売り値の三割をお支払いするということでよろしいでしょうか』と。すると『もちろんです。ありがとうございます』と快諾してくださいました。お定さんは金子に拘っている様子はまったくありませんでしたので、儲けを得たいがために私に半衿を渡した訳ではなかったのでしょう。……お定さんは半衿について、このようにも仰いました。『でも一枚はお手元に残しておいていただけたら嬉しいです』と」

宗左衛門は重苦しい表情で続けた。

「あのような事件がありまして、売るのは躊躇ったのですが、そのような曰く付きのものを欲しがる酔狂な人というのは案外いますからね。高く売れるのではないかと、お恥ずかしいことに算盤を弾いてしまいまして。それで、〈幻の女着物絵師の考案〉という謳い文句で売り始めましたところ、いいお値段で売れまして……。しかし、四枚売ったところで、脅迫文が舞い込んだのです」

木暮は息を呑む。宗左衛門はその脅迫文を木暮に見せた。それは、瓦版や読本の文字を切り抜いて繋ぎ合わせたもので、こう読み取れた。

《お定が考案した図案は抹消すべし。反物及び半衿は決して売るべからず。お定が関わったもので手元にあるものはすべて処分すべし。云うとおりにせざれば、貴殿の店を燃やす。貴殿の命も奪う》

顔を強張らせて脅迫文を睨む木暮に、宗左衛門は言った。

「半衿ぐらいで命を取られては堪りませんので、売るのはすぐにやめました。しかし、被害に遭った娘さんたちには悪いことをしました。商魂など逞しくせずに、初めから売らなければよかったのです」

宗左衛門は項垂れた。

「実は、半衿をお売りした四人の内の一人が、品評会にも出ていたお直さんだったんですよ。お定さんと一緒の造花屋で働いてらした。そういえばお直さん、『この半衿、ほかにどんな人が買ったのですか』などとお訊きになりましてね。おかしなことを訊くなと思いましたよ」

お直と聞いて、木暮は身を乗り出した。

「それでなんと答えたのだ？」

「はい。『お得意様の娘さんたちに』とだけ答えました」

木暮は考えを巡らせた。

——脅迫文が届くまでになるとは、お定は私的な怨恨というより、もっと何か大きな事件に巻き込まれたのではないだろうか。お定が考案した着物と半衿に、何かが隠されているというのか。この事件を解く鍵が。……それゆえ、下手人はそれらを抹消したがっているのでは——

「お定に言われた通りに」と、笹野屋は半衿を一枚隠して残していた。着物の図案も残っている。木暮はそれらを持ち帰った。


木暮は〈はないちもんめ〉に行き、その半衿をお市たちに見せた。

半衿は青と黄色の縞模様で、所々に小さな梨が逆さまに描かれていた。

「お定さんは着物だけでなく、半衿にも食べ物を描いたのね」

「梨が逆さまってのも気になるけれど、ずいぶん派手だねえ。青と黄色なんて」

「でも洒落た感じはするけどね。黒い着物なんかには映えるような気がする。それで青い帯を結べばカッコいいよ！　あたいは好きだな、こういうの」

「確かにお花は好きそうだけれど……いったいこの半衿は何を意味するのかしらね。この半衿を巡って事件が起きたり、脅迫文が届いたりしているのでしょう？」

お紋は半衿をそっと触った。

「これには裏地がついてるね。半衿って裏地なしでぺらぺらのもあるけれど、裏地がついているのもあるんだよね。胸の辺りに膨(ふく)らみを持たせるように。……だからお花も厚めの半衿をつけたほうがいいよ」

「一言余計だ、婆ちゃん。今は真面目に事件の話をしてるんだ」

「合点(がってん)だ。だけどこの半衿から何かを読み解くなんて、そんな難しいこと出来ないよ、私(わたし)ゃあ」

「私だって」「あたいだって」とお市とお花も続ける。木暮は溜息をついた。

「まあ、そう言わずに、何か勘づいたら何でもいいから教えてくれよ。食べ物と言えば、お前らだからさ。証拠の品だが、特別に預けるからよ。なんだかんだ言いながら、信用してるんだぜ、お前らのこと。な、よろしく頼む！」

木暮に頭を下げられ、お市は微笑んだ。

「かしこまりました。お役に立てるか分からないけれど、皆で勘を働かせてみます。旦那のお願いとあれば、引き受けない訳にはいかないもの」

「食べ物と言えば……なんて、私たちの食い意地が張っているようにも聞こえるけどさ、お役に立てるよう頑張ってみるよ」

頷くお紋に、お花が突っ込みを入れる。

「婆ちゃんは確かに食い意地張ってるよなあ！　旦那聞いてよ、婆ちゃん今朝も切干大根と油揚げの煮物が旨い旨いって、三杯飯食ってやんの。まさに牛肥ゆる秋だ！」

「それを言うなら、豚肥ゆるだろ」

「あら、熊じゃなかった？」

〈はないちもんめ〉の面々に、木暮は呆然とする。

「お前らって……本当に面白え奴らだなあ。だいたい秋じゃねえだろ！　もう冬だわ！」

大声を上げながら、木暮は後悔していた。

――こいつらに頼んだの、間違いだったかなあ。やっぱり――と。

木暮は一杯引っ掛けると、「半衿、絶対になくすなよ」と念を押して帰っていった。

お花が言うようにお紋は相変わらず食欲も旺盛で元気だったが、流源の評判を聞き、一度診てもらいたいと思っていた。町医者は往診が主であるが、流源は通ってくる患者も丁寧に診療するという。

――でも、やっぱり勇気が出ない。やはり、どこか怖い――

診てもらうか否か、お紋はずっと悩んでいたが、ついに意を決した。

店の休み刻、お花が引き札を配りに出ると、「何か目ぼしいものがないか、ちょっと見てくるよ」と買いつけにいくふりをして、お紋も外へ出た。そして富沢町まで行き、流源の診療所を探し当て、入ろうとしたが……既のところで躊躇ってしまう。

結局、――診てもらおうかどうしようか――と再び悩みながら、診療所の近くをうろうろすることになってしまった。そして……お紋は目撃した。

お定が勤めていた造花屋〈幾花〉の内儀である緑が、診療所から出てきたのだ。

緑は頬を仄かに染め、お腹をそっと手で押さえていた。なんだか、やけに嬉しそうである。ふとお紋の心に疑念が頭を擡げ、流源に診てもらうことはどうでもよくなり、緑の後をこっそり尾けた。富沢町にある診療所と、堺町にある造花屋は、それほど離れてはいない。

緑は店に真っすぐ戻り、夫の幾太郎と仲良さそうにしていた。二人とも笑顔で、互いを見詰める目の優しいことといったらない。

――おめでたかね？――とお紋は思った。

――長らく出来なかったのについに子供に恵まれ、お定さんが邪魔になったから、まさか二人で……なんてことはないよね――

恐ろしい考えが浮かび、お紋は肩を竦めた。

第四話　団子に枇杷(びわ)で不思議哉(かな)

一

店が休みの日、お花は両国の小屋で軽業の芸を見せた後、予定を変更して幽斎の占い処には寄らず、別の場所へと向かった。同じく広小路の小屋に出ている〈かんかん座〉の様子を見るためだ。木暮に、娘たちの神隠し事件に〈かんかん座〉が関わっているのではないかと聞き、気になっていたのだ。

別の小屋の陰に隠れて、お花は〈かんかん座〉が出ている小屋の様子を、さりげなく探る。小屋の前には『満員御礼』の札が立ち、砂埃が上がる中、女人たちが黄色い声を上げていた。

——人気あるんだ。二枚目の役者を揃えているからかな——

通り掛かった飴売りから飴を買い、それを舐めながら様子を窺う。

——おや？——

お花は目を瞠った。お定と一緒に〈幾花〉で働いていた、お直の姿を見掛けたのだ。お直は〈かんかん座〉が出ている小屋の裏手に回った。お花は急いで後を追う。お直は裏口から小屋に入っていったので、お花もこっそり裏口まで行き、そっと中を覗いた。

お直は〈かんかん座〉の役者たちと親しそうに話をしていた。どう見ても、観客の一人ではなく〝知り合い〟である。役者たちは皆、どこか危なげな香りがするいい男だ。役者の一人に腰に手を回され、お直は悩ましい笑みを浮かべている。お直はその役者の情婦のようにも見えた。

お花は身を潜めて様子を窺っていたが、「そろそろ幕が開くぞ」という声が聞こえ、お直が出てくる気配を感じたので、速やかに裏口を離れた。

入口のほうへと戻り、小屋の周りを眺めながら、お花は思った。

——なるほど、役者たちはいい男が揃っているな。あの男たちなら、娘たちを騙すことなんて朝飯前だろう。特に、芝居が好きな娘なんかは。いなくなったのは皆、割と裕福な商家の娘たちって言ってたけど、そういう世間知らずの娘ほど騙しやすいっていうしね。……それにしても、お直は〈かんかん座〉とどういう関わりがあるんだろう。さっきの様子では、あの役者の女ということか——

お花は腕を組みつつ、小屋から少しずつ離れていった。

——〈かんかん座〉が娘たちの神隠しに関わっているとして、もしやお直もそれに加わっているなんてことはないよね？　仮にそうだとして、何が目的なんだろう？　身代金は要求してないんだよね。やはり、どこかへ売り飛ばしているのか……。もしや——

ある考えが浮かび、お花は目をさらにぎょろっとさせた。

——もしや、お直と〈かんかん座〉がつるんで悪さをしていること……娘たちを攫って売り飛ばしていることを、お定さんに知られてしまったのかな？　それでお直と〈かんかん座〉の者たちで、お定さんを消してしまったと。必死で半衿を回収しているというのは、お定さんがもしや半衿に何か言伝を隠していると予感したからかもしれない。事件の真相に関わるようなことを。じゃあ、お定さんはどのようにして、その真相を知ったのかってことだけれど……それに、お定さんが飯盛り女だった時に関係があったという、腿に刺青のある頭巾の男が関わってくるのかな？　その男、俠客とも破落戸とも考えられるけれど、もし顔に傷などがなかった場合、役者という線もあるのでは？　もし傷があったとしても、濃い舞台化粧をすれば誤魔化せるかもしれないしね。その男はお定さんにつき纏い、何かの弾みで真相を漏らしてしまったのでは？　そして重大な秘密を知ってしまったお定さんは、狙われるようになったと。……このように考えると、お定さんの事件と、娘たちの神隠し事件と、半衿の事件がすべて繋がるんだ。でも

――

お花は立ち止まり、腕を組んだ。

――お直が半衿を回収したいとして、〈笹野屋〉に買いにいった時、すべて買い占めようとは思わなかったのかな。それが腑に落ちない――

考えを巡らせていると、後ろから肩を叩かれ、お花はびくっとした。振り返ると、同心・桂右近が立っていた。

「ああ、桂の旦那。驚かさないでくださいよ」

「驚いたのはこっちのほうだ。こんなところで何をやっている？　探索の真似事か？」

「いえいえ、そんなことはないです……。旦那方、言ってましたでしょ？『娘たちの神隠しが起こり始めた時期と、〈かんかん座〉が江戸にやってきた時期が重なっている』って。だから妙に気になっちまって、〈かんかん座〉ってどんなものかちょっと窺ってたんです」

ほかの者に聞かれぬよう、お花は声を潜めて言う。桂は厳しい目でお花を見やった。

「なるほど。やはり真似事をしているという訳か。今日のところは大目に見るが、危ないことに巻き込まれるかもしれぬので、勝手な探索などはもうやめるがよい。探索は我々奉行所の者に任せることだ」

「はい」

お花は唇を尖らせつつ、訊ねた。

「〈かんかん座〉ってやはり関係してるんでしょうか」

「うむ、それはまだ分からぬ。このところずっと張ってはいるが、今のところ不穏な動きはない」

お花は少し躊躇ったが、告げた。

「さっき小屋の裏口に回ってみたら、お直さんを見たんです。一座の人たちと親しそうでしたよ」

「なに、お直が？」

「はい。一応、伝えておきます」

去ろうとするお花に、桂が言った。

「ところで今日は化粧がやけに濃いような気がするのだが、どうしたのだ？」

舞台の化粧を落とさずにいたことを、お花は忘れていたのだ。——まずい——

と内心焦りつつ、お花は努めて平然と答えた。

「いやですよ、旦那！　これから知り合いと待ち合わせして、一杯引っ掛けにいくんです。あたいだってお年頃、文句は言わせませんよ」

お花は桂に流し目を送り、ふふ、と笑う。桂は軽く咳払いした。

「まあ、お母上やお祖母様にあまり心配を掛けぬよう、慎んで楽しんでいただきたい」

「承知しました。では」

お花はにっこりとし、すぐさま桂の傍を離れた。

――早く湯屋へ行って、化粧も白粉も落としてさっぱりしようっと――

そんなことを思いながら、人混みを掻き分けていく。お花はまったく気づいていなかった。〈玉ノ井座〉を出てから、ずっと誰かに尾けられていたことに。朽ちた小屋の陰に、お花の後ろ姿を見詰める者がいる。

それは、〈はないちもんめ〉の板前、目九蔵だった。

一風呂浴びて両国から北紺屋町へと戻る間、お花は半衿のことがずっと気になっていた。

――あの半衿に何かが隠されているに違いない。それも大切なことが――と。

店に戻って二階に上がると、部屋からお市とお紋が顔を出し、暢気な声で言った。

「お帰り。お団子でもどう？」

二人は品川の海晏寺に紅葉狩りに行ってきたようで、団子はそのお土産らしい。お花はお市の部屋に入り、粒餡がたっぷり塗されたそれを一本摑んで訊ねた。

「ねえ、あの半衿どこ？」

「ああ、例のやつね。ちょっと待って」

お市は腰を上げ、簞笥からそれを取り出して娘に渡した。お花は団子を銜えて、半衿を睨むように眺めていたが、それを摑むと裏地を思い切り引き裂いた。

「な、なにをするんだい、お前」

お紋もお市も目を丸くする。お花は団子をもぐもぐしながら、呟いた。

「やっぱり……」

お紋とお市が覗き込むと、引き裂かれた半衿の中には、赤い糸で一文字一文字丁寧に、このような文が刺繡されていた。

《春もえに木の芽うすらむ　団子げにうれ　ゆかりたい枇杷の子》

お紋が声に出して読み、三人は首を傾げた。

「《春萌えに木の芽薄らむ　団子実に売れ　ゆかりたい枇杷の子》……どういう意味なのかしら？」

三人とも食い入るように見詰め、意味を考えるが、どうしても分からない。しかし、お定が一針一針を必死の思いで縫ったことは、分かった。それほど丁寧に刺繡されていたのだ。

お花が舌打ちした。

「ちっくしょう！　半衿に何か隠されているという勘は当たったけれど、読み解けないや」

「団子とか枇杷とか書いてあるけど、半衿の柄は梨なんだよね。それも何か関係あるのかね」

「木の芽も食べ物になるわよね。木の芽、団子、枇杷に梨。……どういうことかしら」

行灯の明かりに半衿をかざし、三人は溜息をついた。

二

久しぶりに、玄之助が八重を連れて、〈はないちもんめ〉を訪れた。「めっきり寒くなってきましたねえ」と、お市は二人に燗酒を出す。お市に酌をされ、二人はゆっくりと味わった。

「お通しの〝槍烏賊と小松菜の醤油炒め〟です。どうぞ」

芳ばしい匂いのする皿を眺め、玄之助も八重も喉を鳴らした。

「私、槍烏賊大好きなんです。いただきます」

八重は淑やかな仕草で、料理を口に運ぶ。嚙み締めて顔をほころばせる八重を、玄之助は笑みを浮かべて見ていた。

八重は、桜のような儚い美しさと、百合のような清らかさを併せ持つ、玄之助の想い人だ。八重は内気で出歩くこともあまり好まなかったが、玄之助が思い切って誘うようになり、近頃は二人で時折出掛けている。控えめな八重はいつも地味だが上品な着こなしをしており、今日の紺色の着物もとても似合っていた。

玄之助も槍烏賊を頬張り、「うむ」と唸る。

「実に良い味だ。烏賊を醤油で味付けして焼くと、どうしてこれほど旨いのだろう」

「本当に。お醤油とお酒で味付けしてらっしゃいますよね」

　お市はにっこり微笑んだ。

「ええ、そのとおりです。胡麻油がまた、烏賊に合いますよね」

「今の時季は槍烏賊の旬だからな。身が豊かで軟らかい」

　二人は料理と酒を交互に味わい、あっという間に皿を空けてしまった。玄之助と八重は満足げな息をつく。

「女将、酒を追加で頼む」

「かしこまりました。次のお料理を一緒にお持ちしますね」

　お市は板場へと下がり、少し経って戻ってきた。

「〝赤貝の酒蒸し〟です。温まりますよ、どうぞ」

　香り立つ料理に、玄之助と八重は目を細める。早速箸を伸ばし、一口味わって二人ともうっとりした表情になり、言葉もなく次々頬張っていく。お市はそんな二人が微笑ましかった。

「こちらもお酒とお醤油で味付けしておりますが、生姜も刻んで入れておりますので、味にも香りにも利いているのではないかと思います」

半分以上食べたところで、八重がようやく言葉を発した。

「私、赤貝の酒蒸しって初めていただきましたが、これほど美味しいものなのですね」

「まことに。酒蒸しと言えば浅蜊だが、それよりも食べ応えがある。身が厚いゆえか、味も濃厚だ」

玄之助は酒を啜り、再び赤貝を突く。

「刻んだ葱が振り掛かっているのが、また堪らぬ」

「嬉しいです！　お二人にお気に召していただけて」

お市は丁寧に酌をする。

すると少し離れた座敷から、笑い声が響いてきた。木暮と、お吟の亭主である達蔵を、お紋がもてなしているのだ。

「いやあ、俺はお吟さんを見て吃驚したね！　あんなに可愛らしい人だとは思わなかったよ。大女将の言うことは本当に当てにならねえな！」

「だからあんたは日暮れてるってんだよ！　猫被ってんだよ、分かんないのかい？　上辺だけ見て、あの化け猫の正体に気づかないなんざ、あんた女にころっ

「おいおい、御亭主の前でそんなこと言って大丈夫なのかよ」

　木暮とお紋の遣り取りを聞いて、達蔵は大口を開けて笑っている。顔がやけに四角く、でっぷりと肥えた男だ。

「いいぞいいぞ、大女将、もっと言ってくれ！　まったく儂なんぞあいつの尻に敷かれて三十年以上。首根っこ押さえつけられて、遊ぶことともままならなかったわ。木暮の旦那よ、大女将の言うとおりだ。うちの化け猫に騙されるようじゃ、そのうち女で痛い目に遭うぜ。……ま、御一献」

「おっとっと。……では、お返しに」

　男同士、差しつ差されつ、木暮も達蔵も〝出来上がって〟いる。

「女で痛い目ねえ。望むところよ！　俺も化かされてみたいもんだわ、色っぽい女狐にね。こう、胸も尻もよく膨れている。……へへ」

　木暮の頰は赤らみ、元々締まりのない顔はいっそうだらしなくなっている。お紋は溜息をついた。

「日暮の旦那、事件がなかなか解決出来なくて、鬱憤溜まってんだね。可哀相に」

「うむ。事件を追っていて思ったのだが……女は怖い。まったく怖い。恐ろしい」

「うちの長屋に住んでいるお峰さんはそんなことないでしょう？　この前、聞き込みされた」

「そう、お峰！　お峰は、半衿が違ってた！　半衿が柄物で洒落てた！」

木暮は相当酔っているのか、何を喋っているのか自分でも分からぬようだ。

玄之助と八重は三人を眺め、「賑やかですね」と笑っている。

と、今度は戸が開き、少し鼻に掛かった悩ましい声が響いた。

「こんばんはー。ああ、お腹空いちゃったわ。なんか美味しいもの食べさせて」

声の主はお蘭だった。今宵は旦那の宗左衛門と一緒ではなく一人だが、相変わらず人目を惹く艶やかな姿だ。黒地に朱色の牡丹が描かれた着物に弁柄色の帯を締め、衿は大きく抜いて、うなじには白粉を叩き、唇は深紅に彩っている。

「いらっしゃい、こちらへどうぞ」

お花に案内され座敷に上がるも、お蘭は目敏く玄之助を見つけ、妖艶な笑みを浮かべて会釈をした。玄之助が礼を返すと、八重もお蘭を見やり、そっと会釈をする。お蘭はいっそう妖しい笑みを、八重にも返した。

座敷に座ると、お蘭はお花に料理と酒を注文した。

「ちょっとお待ちください」

お花はそう言って板場へと向かう。お蘭に対してお花が素っ気なくなってしまうのは、複雑な思いが込み上げるからだ。お蘭は常連でもあるし、悪い人ではないと分かっているのだが、その美貌と色香が十七歳のお花には羨ましくもあり疎ましくもあるのだ。しかしお蘭はそれを見越しているのか、お花が少々不遜な態度を取ろうが、決して怒ったりはしない。「そんなことは慣れっこよ」というように余裕の笑みを浮かべる。お花にとってはそれがまた癪だった。

お花は料理と酒を持ってきて、お蘭に出した。料理は〝韮とシメジを煮て唐辛子をたっぷり掛けた一品〟。好物のそれを摘み、お蘭は声を上げた。

「これよ、これ！　お酒に合うのよねえ。ああ、精力ついちゃうわ！」

悩ましい声が耳に届き、八重がそっと目を伏せる。木暮が叫んだ。

「お蘭さん！　一人なら、こっちで一緒に呑もうぜ」

「今宵は遠慮しとくわ！　一人でゆっくり呑みたい気分なのよ」

「つれないねえ。しかし頭にくるよなあ、魅力溢れるお蘭さんを独り占めしやがって、あの大旦那！　いかにも絶倫って感じじゃねえか」

「ちょっと酔い過ぎだよ、旦那」

お紋が木暮の肩にそっと手を置く。玄之助と八重が神妙な顔をしていたからだ。しかしお蘭は悪びれもせず、けらけらと笑った。

「そうなのよお、絶倫過ぎて困っているの。〈四目屋〉で買った長命丸なんか必要ないほどにね。眠らせてくれないんだから、まったくもう」

〈四目屋〉とは両国にある、性具や媚薬などを売っている店で、長命丸は強壮剤だ。お蘭の明け透けな話に、八重は俯いてしまう。玄之助の顔も強張っていた。

お花はお蘭に酒を注ぎ、ぴしゃりと言った。

「ほかにもお客様がいますので、お静かに」

お蘭は笑みを浮かべたまま酒を呑み干し、すっと立ち上がった。そして、玄之助と八重がいる座敷のほうへと擦り寄っていく。お蘭は細身だが胸はやけに豊かで、開いた胸元から白い乳房が覗いている。お蘭は立ったまま、玄之助にしどけなく微笑んだ。

「お師匠さん、お会いしたかったわ。相変わらずいい男ねえ。先日はどうもありがとうございました」

玄之助は「えっ?」というような顔になる。戸惑う玄之助を、八重とお市が見詰めた。

「い、いや。先日というと……何かござったか」

しどろもどろになる玄之助に、お蘭はいっそう熱い眼差しを投げ掛ける。

「お忘れになってしまったの？　あれほど楽しかったのに……」

「いや、その、何のことであるか」

玄之助は言葉を濁しながら、八重を窺う。お蘭の色香、それとも毒気に中てられたのか、八重は微かに震えていて、お市は心配になった。

お蘭は、地味ななりの八重を眺め、切れ長の大きな目をきらりと光らせる。お蘭は、決して目を合わせようとしない八重に、話し掛けた。

「貴女も寺子屋の女師匠さんなんですってね。わちきは深川の遊女だったの。身請けされて、今は妾だけれど。こんな人生送ってるから、わちきは学問なんてさっぱり！　でも……あれは巧いのよ。あれって何か分かる？」

八重は俯いたまま、首を振る。お蘭は急に二人の間に腰を下ろし、八重の耳元で囁いた。

「あれって、男を殺すことよ。あっちにかけては何でも出来るし、何でも知っているの。だって遊女だったんだもの、わちき。ねえ、貴女はどう？　貴女も巧いの、あれ？」

　八重は泣き出しそうな顔になり、玄之助の頬に血が上る。お市がさすがに止めた。

「お蘭さん、そういうお話はこのお二人の前では……」

「あら、いいじゃない！　ちっとも悪いことではないでしょ、男と女の営(いとな)みって。ふん、この女師匠さんが澄ましているなら、わちきが玄之助さんを骨抜きにしてあげましょうか」

「そっ、そっ、そっ、それはっ！」

　お蘭に耳に息を吹き掛けられ、玄之助は吃(ども)ってしまう。お紋がやってきて、とうとうお蘭に怒った。

「ちょっと、あんた！　意地悪なことするんじゃないよ！」

　しかしお蘭はまったく悪びれず、鼻唄を唄いながら自分の席へと戻った。そして涼しい顔で〝韮とシメジを煮て唐辛子をたっぷり掛けた一品〟を摘みながら酒を呑み、悩ましい声を再び響かせた。

「ふん。たまにはこうして刺激を与えてあげたほうがいいのよ。だって刺激のあるものって美味しいでしょう？　このお料理みたいに。ねえ、朴念仁(ぼくねんじん)のお師匠さん」

お蘭はまたも玄之助に艶めかしく微笑む。

ついに堪え切れなくなったのだろう、八重は立ち上がり、座敷を下りて素早く店を出ていった。玄之助は慌てて、「八重殿！」と叫びながら追い掛けていく。

お蘭は酒を啜りながら、そんな二人を眺めて、くすくす笑う。お紋はお蘭に忠告した。

「そんなことやってると、あんた今に罰が当たるよ。八重さんって人はね、あんたとは違うんだから」

「ふん、確かに違うわ。わちきは、あんなにつまらない女じゃないもの。それに、わちきを責めるのはお門違いよ。だってあの二人、わちきのおかげでまたぐっと近づくかもしれないじゃない。……まあ、近づいたら、またちょっかい出すけれど、わちきは」

「なんでそんなに嫌がらせするんだい」

「だって、つまらないじゃない、ああいう清らかな男女って。玄之助さんみたいな堅物な男が、わちきみたいな淫らな女に喰われてこそ、面白いってものでしょ。人生は面白くなくちゃ」

お蘭は唐辛子のたっぷり掛かった料理を食べ、嫣然と微笑む。

「まさに女郎蜘蛛だ」

〈はないちもんめ〉の面々ほか、様子を見ていた木暮と達蔵も声を揃えた。

三

霜月（十一月）に入り、朝晩すっかり冷え込むようになった。店の休み刻、お紋は「ちょっと買い物に行ってくるね」と、市松模様の着物に黒い半纏を羽織った。

「この時季は大根だよね。目九蔵さんに腕を揮ってもらえるような、いい大根を見繕ってくるよ」

「お母さん、ついでに蜜柑もお願い」

片づけをしながらお市が言う。

「蜜柑の料理も何か考えてるのかい？」

「ううん。お店が終わった後に私たちが食べるためよ！」

「そうかい。確かに夜更けの長話に蜜柑は必要だ。買ってくるよ」

「婆ちゃんのは長話じゃなくて無駄話だろ」

畳を乾拭きしながらお花が憎まれ口を叩く。お紋は孫をきっと睨んだ。

「お前ね、この世に無駄なことなんて一つもないんだよ。無駄なようなものが、実は役に立ってるなんてこと山ほどあるんだ。だから私の話だって、無駄なように思えて金言かもしれないよ。祖母の言葉はありがたく承るもんさ」

お花は小指で耳の穴をほじりながら、「あいよ」と気のない返事をした。お紋はぶつぶつ言いつつ、「じゃあ、ちょっくら行ってくるよ」と戸を開ける。木枯らしが店の中に吹き込んできて、お紋は「寒っ」と思わず肩を竦めた。

お市はお紋に駆け寄り、小さな包みを渡した。

「これ持っていきなさいよ。温めておいたわ」

お市が渡したものは温石であった。火で温めた石を布で包んだものだ。お紋は早速それを懐へと仕舞った。

「ありがとね。これで木枯らしもどこ吹く風さ」

母と娘、笑顔で頷き合う。

「婆ちゃん、蜜柑たっぷり買ってきてよ！　あたいらが長話するには、少なかったらすぐになくなっちまうだろ？」

お花は大きな声で言って、にやりと笑った。

お紋は店を出て、そのまま日本橋へと向かった。八百屋や水菓子処へ寄るのは後にする。

——『時間が掛かるかも』って言っておいたから、帰るのが少しぐらい遅くなっても大丈夫だ——

そう思いながらお紋は歩を進め、堺町の〈幾花〉へと赴いた。もちろん造花を買いにいく訳ではない。

お紋は〈幾花〉の内儀の緑が気懸かりで、このところ時間があるときは密かに見張るようにしていた。

冷たい風が吹く中、お紋は〈幾花〉の近くにある蕎麦屋の陰に身を潜め、温石で手を温めながら窺った。

——木暮の旦那の話だと、岡っ引きの忠ちゃんに〈幾花〉を見張らせているみたいだけれど、日がな一日様子を窺ってるって訳にもいかないだろうからね。お豊やお峰などほかにも見張るべき者がいるし、事件はほかにも毎日のように起こるから色々忙しいだろうしね。……だから私がこうして勝手に力添えしてあげてるって訳だ——

お定の事件にしても、娘たちの神隠し事件にしても進展がないので、木暮たちも少々だれてきているようであった。

——日暮の旦那の奴め、活を入れてやらないといけないね。……あっ、出てきた！——

緑が表に現われた。緑は夫の幾太郎に優しい笑顔で見送られ、歩き始めた。お紋は息を潜め、その少し後から、気取られぬように注意を払って尾けていく。

緑は真っすぐ歩いていき、通りを右に曲がってふと立ち止まった。それに合わせ、お紋も足を止める。緑はきょろきょろと周りを窺い、再び歩き出した。お紋は見逃さぬよう、尾ける。その道順から、お紋は察した。

——どうやら今日は流源先生の診療所に行くのではないようだ——と。

緑は要所要所で立ち止まり、周りを窺っては再び歩を進め、途中で紫色の頭巾を被った。そうして辿り着いた先は、日本橋は亀井町の油問屋〈播磨屋〉だった。

すると手代が中から出てきて、緑はやけにこそこそと入っていった。その様子は明らかに、「単に油を買いにきた」「単に造花を届けにきた」というものではない。〈播磨屋〉は立派な構えの大店で、景気が良さそうだ。

お紋は近くの荒物屋と下駄屋の間に身を潜め、温石を手で包みながら、様子を窺った。

——そういえば——とお紋は思い出す。——あのお祭りの時、確か〈播間屋〉の手代たちも手伝いにきていた。色々な雑用を引き受けていたな——と。

四半刻（三十分）経っても、緑は店から出てこない。お紋はそっと店に近づいて覗いたが、緑の姿はなかった。

——ってことは、中に上がったということか。緑は〈播間屋〉とそれほど親しいのか。……〈播間屋〉の得意客なのだろうか？　でも、それなら〈播間屋〉のほうから〈幾花〉へ出向くだろう。では〈播間屋〉が〈幾花〉の得意客ということかい？　でも、緑は品物が入っているような包みは持っていなかったし、届けるにしても手代を遣わすだろう。それに、ここへ来るまでの道順。あれは絶対にわざと〝遠回り〟をした筈だ。〈幾花〉がある堺町からここへは、もっと早く来ることが出来るよ。……つまりは、緑は〈播間屋〉へはお忍びで来たということだ。誰にも気づかれぬよう、遠回りまでして——

お紋は勘を働かせながら、〈播間屋〉を見上げた。

緑がなかなか出てこないので、お紋はこれ以上待つのは諦めた。夜の支度もあるからだ。お紋は約束どおり大根と蜜柑を買って〈はないちもんめ〉に戻っていった。


その夜、木暮と桂が店を訪れた。

「いやあ、寒くなってきたなあ。なにか温まるものを食べさせておくんな」

お市が座敷に用意した火鉢に、二人は手をかざす。

「お疲れさま。お料理すぐにお出ししますよ」

お市は優しい笑みを浮かべ、二人に酌をする。燗酒を呑み干し、木暮も桂も相(そう)好(ごう)を崩した。

「いいねえ、温(あった)まる」

一息ついていると、お紋が料理を運んできた。

「お待ちどお！　〝大根と冬葱と豆腐の鍋〟だ。簡単だけれど美味しいよ！　お好みで酢醤油を掛けて召し上がれ」

湯気の立つ鍋に、木暮たちは顔をほころばせる。二人は箸を伸ばし、早速鍋を突き始めた。

「こういうのが、酒に合うんだよなあ。……あち、あちっ、この大根！　ああ、味が染みてて、旨いぃ！」

酢醤油を掛けなくても、目九蔵が力を入れている出汁のおかげで、充分な味わいなのだ。

「大根、みずみずしくて、優しくもしっかりした味わいで、堪りませぬな。冬葱がまた、食欲を一段とそそります。豆腐も蕩けるようで……胃ノ腑に優しい鍋、いくらでも食べられます」

木暮も桂も、はふはふと味わう。大根を頬張っては燗酒を呑み、葱を嚙み締めては再び呑み、豆腐を味わっては……と繰り返すうち今度は躰が温まり過ぎたようで、二人とも額に汗が滲み始める。お市は二人に、水で濡らして絞った手拭いを渡してあげた。

「いや、心遣い、ありがたい」

二人は冷たい手拭いで汗を拭きつつ、たっぷりの鍋をぺろりと平らげた。

「腹一杯です。もう入りません」

桂は苦笑いで膨れたお腹をさする。

「あら、残ったお汁で雑炊を御用意しようかと思ったのですが……無理かしら」

「いや、今のは野菜ばかりだったから、少し経てばまた腹が減ってくるだろう。

その頃、用意してくれないか」

「かしこまりました。お二人のお腹の様子を見ながら、お作りいたしますね」

お市はにっこり微笑んだ。木暮たちが和んでいると、お紋が追加の酒を運んできて訊ねた。

「お定さんの件はどうなったんだい？　あれから進展はあったかい？」

木暮は顔を少々顰めた。

「……ねえよ。配下の者や忠吾たちに怪しい奴は見張らせているが、動きがねえんだ。半衿の騒ぎも、このところ収まっちまってるしな。静か過ぎて、手が出せねえ。それでこっちも参っちまってるという訳だ。あの祭りから一月経っちまった。このままだと、お定さんに毒を盛られた反応があったことも有耶無耶にされ、躰の不調による突然死ということにされてしまうかもしれねえな」

「私が追っている、娘たちの連続神隠しのほうも、なかなか下手人を挙げられず……。苦労しています」

「そっちのほうも、このところ収まっているね」

「はい。〈かんかん座〉に目星をつけて張っているのですが、どうにもおとなしく、尻尾を出さないのです。目をつけられたということに気づいておとなしくしているのか、それとも私どもが勘働きを誤ったのか……」

〈かんかん座〉の名を聞き、お市の心ノ臓がどくんと波打つ。お市は必死で動揺を隠し、いつもどおり話すよう努めた。

「そ、そうね。旅一座が江戸へ来た時と、神隠しが起こり始めた時期が一致するからというだけでその人たちを疑うのは、早計かもしれませんね」

「はは、なかなか手厳しいな、女将。うん？　案外〈かんかん座〉に、女将の贔屓の役者がいるんじゃねえのか？　なんでも色男が揃っていて凄い人気だっていうからな。小屋も連日大入りだってよ」

木暮がからかうように言うと、お市はしどろもどろになる。

「そ、そんな……。仕事があるから、私は芝居を観にいく時間もないし……」

桂が声を上げた。

「そういえば、この前お花さんと会いましたよ、〈かんかん座〉が出ている小屋の前で」

「あら、お花が？　やだよ、あの子ったら、〈かんかん座〉に御贔屓でもいるのかね」

お紋が目を瞬かせる。お花はお客を送り出したところで、皆の目が一斉に自分に向けられていることに気づき、やってきた。

「いねえよ！〈かんかん座〉の芝居だって観たことねえさ」

「じゃあ、どうしてそんなところにいたんだい？」

「それは……〈かんかん座〉を見張ってたんだよ。あの一座が娘たちの神隠しに関わっているかもしれない、って旦那たちから聞いていたからさ。気になっていたんだ」

　桂が頷いた。

「お花さん、私より窺う力があるようで、興味深いことを探り出してくれたんですよ」

「どんなことだい？」

「お直が〈かんかん座〉の役者たちと親しいということです。芝居が始まる前、裏口から入っていき、仲睦まじくしていたそうです」

「ええ、お直が？」と、お紋とお市は目を丸くする。木暮が言った。

「うむ。その話を桂から聞いて、忠吾にお直を見張らせている。今のところまだ動きはないが、お直は臭うといえば臭う。店での扱われ方や仕事の面でお定に少なからず嫉妬していただろうし、わざわざお定が残した半衿を買いにまでいっている。そして……もしお定を殺めたのがお直だとして、そこに〈かんかん座〉まで関わっているとしたら、二つの事件が結びついて大事になるかもしれぬ」

「どういうことだい？」

お紋の問いを受けて、今度はお花が答えた。

「ひょっとしてお定さんは、嫉妬云々というだけでなく、娘たちの神隠し事件のからくりを知ってしまったがゆえに消されてしまったのかもしれない、ってことさ。そうだろ、旦那？」

「うむ、そのとおりだ。まだそうと決まった訳ではないが、その可能性もある」

「もしやお定さんは何か危ないことに気づいていて、そのせいで狙われていることも分かってたのかもしれないね。そのことでずっと悩んでいたから、亡くなる前も落ち込んでいるように見えたんじゃないかな。それで万が一の時のために、手掛かりを半衿に忍ばせたように思うんだけれど、如何せん、読み解けねえんだよなあ」

お花は腕を組み、唇を尖らせる。お市がごくりと喉を鳴らした。

「あれは、下手人を示す暗号かもしれないってことね。あの半衿を巡って、何者かが娘たちを襲ってでも奪おうとしたのだから、きっとそうよね」

「そうなんだ。だからあの奇妙な符牒さえ読み解ければ、下手人に辿り着けるように思うのだが、いくら考えても分からねえんだよ」

「なんだっけ……えっと《春もえに木の芽うすらむ　団子げにうれ　ゆかりたい枇杷の子》だっけ。どこに下手人に繋がるような言伝が隠されているんだろう」

　お紋も腕を組み、首を捻る。木暮が呟いた。

「木の芽……。ふうむ、木の芽か」

「なんだい？　木の芽がどうかしたのかい？」

「いや……そういえばお峰を長屋に訪ねた時、木の芽の柄が刺繍してある半衿をつけていたなと思い出したんだ」

「お峰さんね……。でもあの方は関係なさそうね。穏やかで、お定さんのことも敵視してなかったし」

　木暮は酒を啜って、顔を顰めた。

「いや、まったく動機がないとは言えねえよ。お峰はその昔、お定と男を取り合って、取っ組み合いの喧嘩をしたことがあるらしい。お定が居酒屋に勤めていた時にな。なんでもお峰の男を、お定が寝取ったそうだ」

　はないちもんめたちは目を丸くした。

「ええっ、あの優しそうなお峰さんが取っ組み合いを？」

「だからこそ女ってのは怖えんだ。微笑みを浮かべながら、腹ん中にはどす黒いものを隠していることだってある。お峰だって優しい顔をしながら、心ん中は煮え滾っていたのだろう。昔のことといえど男を奪われたうえに、今度は優勝まで持っていかれたんだからな、お定によ」

「じゃ、じゃあ、お峰さんのことも張ってはいるの？」

「無論だ。忠吾にやらせている」

「忠ちゃんもたいへんだねえ。いくら旦那のことを好いてるっていってもさあ、身を粉にしているよねえ」

「よせやい。……あいつはただ、俺を信頼してくれてるってだけよ。片がついたら、うんと旨いもん食わしてやるつもりだ。その時は頼むぞ、女将」

木暮に微笑まれ、お市は頷いた。

「かしこまりました。その時はどうぞ賑やかに、ごゆっくりお楽しみくださいね。板前が腕を揮いますので」

暫し考え込んでいたお花が、不意に言った。

「なんだかさあ、誰もが怪しいって言えば怪しいんだよなあ。お峰も一癖ありそうだし、お直はもとより、お豊だってそうだ。誰にもお定さんに消えてほしいと思うような動機があるよね。〈幾花〉の主にも内儀にも」

「そうなんだ。お豊はお定と同じ飯盛り女をしていたことがあり、金子持ちの男の後妻に収まる話があるため、来し方を知っているお定を疎ましく思っていただろう。八年前、共謀して火事を起こし、逃げたのなら尚更だ。……ひょっとしたら、それをネタに、お定さんがお豊を強請っていたかもしれねえしな」

　皆、神妙な顔になる。お紋が言った。

「その時にいなくなった、お定さんの客だったっていう頭巾の男も怪しいよね。いったい、今どこにいるんだろう？　その男とお豊が手を組んでやったってこともあり得るものね」

「うむ。共犯はいるだろうな、恐らく」

「ああ、まったく！　どいつもこいつも怪しいや！」

　お花が頭を抱える。お紋が眉間に微かな皺を寄せた。

「実はさ……私もお花と同じく探索の真似事をしちまってね。それでこの間、見ちまったんだ。〈幾花〉のお内儀の緑が、亀井町の油問屋へ入っていくところを。あれはどう見ても、様子がおかしかった。それに……もしかして、緑は身籠っているかもしれない」

「どういうことだ？」

木暮に問われ、お紋は緑が流源の診療所から出てきたこと、その後やけに嬉しそうに夫の幾太郎と話していたこと、そして先日の油問屋までの追跡について包み隠さず話した。

木暮と桂は黙って聞き、お紋の話が終わると唸った。

「まったくお前らときたら、我々の了解も得ずに勝手なことをやりおって……。危ない目に遭ったらどうするんだ！」

しかしお紋は悪びれもしない。

「それもこれも、旦那たちがちゃんと事件を解決しないからだろうよ。私たちが補ってあげてんじゃないか！」

「そうだよ、婆ちゃんの言うとおりだ。あたいたちを怒るのはお門違いだよ！」

お紋とお花に痛いところを突かれ、木暮と桂は押し黙る。木暮は鼻を鳴らした。

「……まあ、〝三莫迦女(ばか)〟だの〝ずっこけ三人女〟などと呼ばれているお前らだが、たまには良い調べをすることもある。今、大女将が話してくれたことで、

〈幾花〉の幾太郎と緑も下手人である可能性が高まってきた。二人の間に長年の待望の子供が出来、お定が急に邪魔になって殺めたのかもしれない。そもそもお定を死に至らせた毒が砒素で、時間を掛けて盛り続けて躰に蓄積させたのだとしたら、それを最もやりやすいのは、その二人なのだ。仕事の合間に、お茶などに混ぜてしまえばよいのだから。特に、幾太郎。お定は幾太郎に心を許していたのだ、その男から出されたものに不審を抱くことなどなかっただろう」

「あの油問屋、〈播間屋〉はどう見るかい、旦那は？」

「うむ……。まだ分からぬ。だが、祭りの時に手伝いにきてたんだろ？　ならば、どこかで幾太郎と緑に繋がっていて、何か加担したのかもしれぬな。実際、それだけ仲間がいれば、気づかれずにお定を追い詰めることも容易だっただろう。よし、〈播間屋〉も張ってみよう」

「誰が下手人でもおかしくないね。もしや全員でやったとしてもおかしくない」

「そうだ。しかし証拠が足りない。推測は色々出来るのだが、これといった決め手がねえんだ」

　木暮は項垂れる。桂がぽつりと言った。

「やはり、あの半衿の暗号を解くしかないんでしょうか」

「もっと簡単なのにしてくれればよかったんだよ」

お花は唇をいっそう尖らせた。

そうこうしているうちに木暮と桂の胃ノ腑は再びすっきりして、目九蔵が雑炊を運んできた。

「さっきの鍋の残り汁で作りました。躰の芯から温まりますさかい、早いうちにどうぞ」

湯気の立つほかほかの雑炊で、米がふっくらと躍っている。匙で掬ってふぅふぅと息を吹き掛けて冷まし、口に運ぶと、しっとりと蕩ける。大根と冬葱と豆腐の旨味が溶けた汁、酒と醤油の味付け。それらが米に染み込み、なんとも穏やかで優しい味わい、食感だ。

木暮と桂は言葉もなくひたすら雑炊を食べる。まことに美味しいものの前では、誰もが言葉を失ってしまうものだ。

夢中で椀を空け、二人は晴れ晴れとした顔で頷いた。

「これでまた明日から頑張れる。必ず解決してみせるからな」

「力が出ました。こちらの料理は本当に凄い。いただくと、元気が湧いてくるのですよ」

〈はないちもんめ〉の面々は顔を見合わせ、笑みを浮かべる。この店を訪れて元気になってくれることが、一番嬉しいからだ。

木暮と桂を送り出すと、既に店を閉める時刻を過ぎていた。目九蔵が帰ると三人は二階へ上がり、余り物の煮物と茶漬けで夕餉を済ませ、炬燵に当たって蜜柑と煎餅を頬張りながら、半衿に書かれた謎の文を読み解くため、喧々始めた。

しかし、やはり、読み解くことが出来ない。考えれば考えるほど、さっぱり分からなくなっていく。お花が大きな欠伸をし、目を擦った。

「なんだか眠くなってきちまった。こういうのって、ある日突然閃くんじゃないかな。頑張って解こうと思っても、駄目な時は駄目なんだよ、きっと」

「確かに、そうかもしれないね。よし今夜はもう寝よう！　お開きだ」

「明日も早いものね。では、おやすみなさい。明日もよろしく」

お花とお紋は自分の部屋へ行き、お市は一人になってほっと息をついた。

雨戸をそっと開けると、澄んだ冬の空に、細く尖った三日月が浮かび、多くの星が瞬いている。

「うう、寒いっ」

お市は肩を竦める。長く夜空を見ていることなどとても出来ないが、煌めく星に向かってお市は願い事をした。

――どうか〈かんかん座〉の人たちが、事件などに関わっていませんように。

……段士郎さんが無事でありますように――

今宵は特別冷えるのか、凍てつく風が部屋に吹き込む。お市は「ひいっ」と小さく叫んで雨戸を閉めた。そして再び炬燵に当たり、残った蜜柑の皮を剝いて頰張る。一人で甘酸っぱい蜜柑を嚙み締めていると、段士郎との思い出が蘇ってきて、お市は困ってしまった。

女は提灯の薄明かりを頼りに家路を急いでいた。年末に向けて仕事が忙しくなっているので、帰宅が遅くなるのも仕方がない。

――帰ったら炬燵に当たってそのまま眠ってしまいたい――

女は半纏を握り締めながら、そんなことを思っていた。

大通りから逸れ、人気のない細い道を足早に行く。風がひゅうっと吹き過ぎ、女はふと歩を止めた。提灯を掲げ、恐る恐る後ろを振り返る。照らしてみたが、闇には誰も浮かび上がらなかった。

――気のせいね――

細い道に入った頃から、「ざく、ざく」という足音が尾いてくるような気がして、不安だったのだ。

女は再び前を向き、提灯を手に歩いていく。すると草むらの近くで……何者かが背後から女に襲い掛かった。

「ううっ、ううう」

襲ったのは黒ずくめの二人組だった。一人が手拭いで女の口を塞ぎ、もう一人が女の着物の衿へと手を掛ける。女は叫び声を出せず、二人に押し倒され、うつ伏せにさせられた。

一人が懐から匕首を取り出し、女の首筋へと近づける。うなじを押さえつけ、匕首を当てたその時、どすの利いた声が響いた。

「てめえら、何してんだ！」

その声の主は、羆のような、強面の大男だ。気圧されたのか、女を押さえつけていた者たちの手が一瞬緩む。男たちは女の首に匕首を押し当てたまま、暫し大男と睨み合った。大男は思った。

――投げ飛ばしたいが、下手に近づくと、奴ら女の首を斬るかもしれねえ――

睨み合いつつ、相手の出方を探る。

すると二人組は顔を見合わせて目配せをし、女を放って、勢いよく駆け出した。

「おい、待ちやがれ！」

大男は必死で追うも、倒れている女のことが心配で、二人組を逃がしてしまった。

慌てて戻ると、女は身を起こして蹲（うずくま）っていた。大男は駆け寄り、女の背をさすった。

「大丈夫か」

「はい……ありがとうございました。命拾いしました」

女は後（おく）れ毛（げ）を乱し、首を押さえつけられたからだろう、ぜいぜいと苦しげに息をついている。少し治まってくると、大男は女を支えながら立ち上がらせた。

女はお直、大男は忠吾である。お直は例の、お定が考案した、青と黄色の縞に梨が描かれた半衿をつけていた。二人組は半衿を奪うために、お直を襲ったのだろう。

「番所へ届けるか」と忠吾が訊ねると、お直は「大事（おおごと）にしたくないので」と躊躇（ためら）った。忠吾はお直を家まで送り届け、忠告した。

「また狙われるかもしれないので、気をつけなすって。それから、その半衿はもうつけて出歩かないほうが身のためですぜ」と。

忠吾はすぐに去ったが、長屋の近くに身を潜め、あの二人組がまた近づいてこないか、見張っていた。凍てつくような風が吹きすさぶ夜も、忠吾の頑強な躰はびくともしない。

——二人組を取り逃がしたのは失態だったが、お直を助けたことで話が聞きやすくなるかもしれねえ。木暮の旦那に早速報告して、お直を取り調べてもらおう——

吐く息を白く染めながら、忠吾はこのまま朝までお直を見張っているつもりだった。

第五話　けんちん汁でほっこりと

一

七つ半（午後五時）に夕餉の刻が始まるとすぐ、お蘭が膨れっ面で〈はないちもんめ〉に入ってきた。

「あら、今夜はずいぶん早いじゃない」

お紋が目を瞬かせる。

「もう、頭にきたから一杯ちょうだい！　それから手拭いを貸して！」

目を吊り上げているお蘭に、お市が急いで手拭いを持ってくる。

「どうなさったんですか？　御機嫌斜めですね」

お蘭は唇をきゅっと嚙み、背中を見せた。お市とお紋は「まあ」と目を丸くする。撫子色の美しい羽織に染みが広がっていて、微かに泡立っている。明らかに何か液を掛けられたようだった。

「酷いでしょ？　お気に入りだったのに、この羽織」

「どうしたんですか、これ？」

お市は手拭いで羽織を拭いたが、それぐらいでは染みはなかなか落ちそうにない。

「やられたのよ、あの童(わっぱ)しらに！　ほら、玄之助さんを追い掛け回してる寺子の二人組！」

お蘭は泣きそうな顔をしている。お市は思わず手を止め、お蘭をじっと見た。

「お鈴ちゃんとお雛ちゃんに？」

「名前なんか知らないわよ、あの童しども！　わちきが歩いていたら、いきなり背中に掛けやがったのよ！　振り返ったら、あいつらが立っていて、木の実みたいなものをぶつけてきたの。それで悲鳴を上げたら、にやりと笑って逃げちまったのよ。いったい何を掛けたんだろう。気持ち悪い……」

お紋が欠けた前歯を覗(のぞ)かせて笑った。

「罰(ばち)が当たったんだよ。あんた、こないだ八重さんに意地悪しただろ？　それが自分に返ってきたんだ。お鈴とお雛も、たまにはいいことするよ。これに懲(こ)りて少しは慎(つつし)みな」

「……なによ。そんな言い方しなくてもいいじゃない。この羽織、旦那様にもらった大切なものなのに」

お蘭は涙を微かに浮かべている。高級な品なのだろう。

「そんな優しい旦那がいるのに、若い男にまでちょっかい出そうとするからだろ。あんた気をつけなよ。そんなことがばれて旦那に愛想尽かされないようにね」

お花は少し離れて眺めながら、お紋の言うとおりというように頷いている。お市はお蘭の羽織を丁寧に拭き、言った。

「これ、たぶん無患子の実を泡立てたものよ。洗い物に使うものだから、なんてことないわ。一度洗って乾かせば、元通りよ」

「本当？　よかった、染みが残るようなものじゃなくて」

お蘭は忽ち安堵する。お紋が鼻を鳴らした。

「あの子たち、可愛いもんじゃないか。墨汁なんかを掛けられなかっただけ、感謝しないとね！」

この時代、洗濯をする時は、無患子の実の皮を泡立てたものを洗剤として使っていた。お蘭は歯軋りした。

「あの童しらがわちきにぶつけたのも、無患子の実だったのね。急に襲われたから、吃驚して何かよく分からなかったけれど、今にして思えば。ああ、悔しいっ！」

「子供と思って見くびらないで、これからは気をつけてくださいね」

　お市は同情をみせるも、お紋とお花は薄ら笑いを浮かべている。

　お蘭は早く羽織を洗って乾かしたいからと、一杯だけ引っ掛けるとすぐに帰ってしまった。

「あの子たち、標的が八重さんからお蘭さんに移ったみたいだね」

「でも、八重さんにはあんなことしないよね、あいつらも。餓鬼は餓鬼なりに分かってんだね、やっていい人と、やってはいけない人というものが」

　お花は腕組みをしながら頷く。

「あの子たち莫迦なことばっかりやってっけど、そこらへんが本物の莫迦ではないんだねえ」

　しみじみとお紋が言うと、お市が窘めた。

「お母さんもお花も、お蘭さんにちょっと手厳しいんじゃない？　お蘭さんだって、この店の大切なお客様でしょ。それに、可愛いところあるわよ、あの人も」

　お紋とお花が顔を見合わせる。

「そりゃそうかもしれないけれど、この前お蘭さんが八重さんたちにしたことは、やっぱり遣り過ぎじゃないの？　八重さん、居たたまれなくなって出ていっちゃったんだろ。あの二人だってうちの大切なお客さんなんじゃないの」

「まあ……そうね」

お花の言うことも尤もで、お市は返す言葉が見つからない。お紋が溜息をついた。

「あの子たち、墨汁とは言わなくても、お茶ぐらい引っ掛けてやってもよかったのにね。無患子を泡立てたものなんて、生易しいのじゃなくてさ」

「しゃぼん玉遊びでもしてたんじゃない？」

無患子の実の皮を水の中で揉むと泡が立つので、それをしゃぼん玉の液としても用いる。すると、お市がはっとしたように目を見開いた。

「ああっ、そうか！」

お紋とお花が、お市を見やる。お市は二人を見詰め返した。

「ねえ、お祭りの日、品評会が始まる前、皆でしゃぼん玉を飛ばしたわよね。葦の茎を吹いて」

「どうしたんだい、突然？　確かに、あの時しゃぼん玉を吹き上げたよね。集まった人たち全員で、空に向かって」

「お定さんも吹いたわよね、しゃぼん玉」

お紋とお花は、はっとして顔を見合わせた。

「そうか……葦の茎に塗っていたのかもしれないね。微量の砒素を。微量なら、少しずつ廻るだろうから、ちょうど品評会が終わった頃に効いてきて、倒れたんだ」

「木暮の旦那たち、しゃぼん玉まで回収してなかったもんね、あの時。っていうか、誰もしゃぼん玉のことなんて忘れちまっていたと思う。皆、動転していたし。……そうか、しゃぼん玉の葦の茎につければ、お定さんに毒を口にさせることが出来たんだ。どうりで料理から何も検出されなかった訳だ」

「あの時、誰が配ったのかしら、お定さんに。そこまでは憶えていないわ……」

お紋は少し考え、目を大きく見開いた。

「日本橋の商家の手代たちが色々手伝いにきてなかったかい？　雑用を引き受けていたろ」

「ああ、店の屋号が書かれた半被を着ていたわね」

「そうだよね。それで確か、しゃぼん玉を配っていたのは、酒屋の〈志水屋〉と、〈播間屋〉だったような気がするんだ」

三人は顔を見合わせる。

「〈播間屋〉って、婆ちゃんがこの前言ってた、〈幾花〉の内儀が入っていったっていう油問屋だよね」

「そうなんだ。……臭うよ、なんだか」

三人は神妙に頷き合った。


店を閉める頃、木暮が一人で訪れたので、お市たちは無患子から察したことを話してみた。木暮は眉を寄せ、息をついた。

「なるほど、しゃぼん玉の葦の茎に毒をつけてたって訳か。……それをお定さんに渡したのが、どうやら〈播間屋〉の手代かもしれねえと」

「そうなんだ。でも、渡した奴が誰かは定かではないよ。だって、そんなことまで気をつけて見てる人なんて、あの時は誰もいなかっただろうからね」

「婆ちゃんの言うように、〈播間屋〉の手代が色々手伝ってたのは確かだよ。屋号が入った半被を着てうろうろしてるの、あたいも見た」

木暮は酒を啜り、五色巻の天麩羅を食べる。五色巻とは、白い練り物に赤や黄色や緑などの色をつけて巻いた、いわゆる蒲鉾だ。その中の赤色だけが独立したものが、現代の鳴門巻である。木暮は思わず唸った。

「これ旨いじゃねえか！　かりっとした後、もちもちっとした食感が堪らねえや。見た目も鮮やかだし、五色巻の天麩羅ってのも悪くねえな。いや、絶品だわ」

ぱくぱくと頬張る木暮を、お紋は軽く睨む。

「事件の話をしてるってのに、なんだい。そんなだから日暮れてるっていうんだよ、あんたは！」

「ちっ、うるせえ婆あだな。いいじゃねえか、旨えものを食うとさ、思考が一瞬停止するもんなんだよ」

お市は微笑みながら、木暮に酌をする。

「ありがたいわ、旦那。うちのお料理をいつも褒めてくれて」

「いや……女将はいつも優しいねえ。だからいつもここに来ちまうんだよなあ。うるせえのがいるって分かっててもよ」

「ふん、どうせ私ゃあ、出しゃばり婆さんさ」

膨れるお紋を、お市が窘めた。

「お母さん、いいじゃないの。この天麩羅を美味しいって言ってくれるんですもの。『五色巻の天麩羅は初めて出すさかいどうやろ』って目九蔵さんも心配してたんだから。好評で目九蔵さんも喜ぶわ」

　するとお花が唇を舐めつつ、ひょいと木暮の皿に手を伸ばした。

「そんなに美味しいなら、一ついただくよ」と言って、口に放り込む。お市は唖然とし、顔を真っ赤にして怒った。

「なんてことするのっ！　お客様のお料理を無断で摘むなんて！　貴女もう十七なのよ、少しは女らしくなさい！」

「……どんな味か食べてみたかったんだよ」

　お花は悪びれもせず、むしゃむしゃと嚙み締める。お紋が「この子はっ！」とお花に拳骨を見舞うと、お花は「痛えっ」と祖母を睨む。木暮は苦笑いだ。

「摘み食いぐらい、いいってことよ。今日も忙しかったんだろ。精一杯働きゃ、誰でも腹ぐらい減るわな。女将、この五色巻の天麩羅、もう一皿頼むわ。大盛りでな。実に旨いから、皆で食いながら話そう」

　お市は木暮に丁寧に頭を下げた。

「旦那……お気遣い、いつも本当にありがとうございます。お花、ほら、あんたも御礼を言いなさい！」

「……ありがとうございます。御馳走になります」

母親に倣い、お花も深々と頭を下げる。

「いいってことよ。酒も持ってこいや、奢るぜ。ただし一杯だけな」

「そういうとこ、気前がいいんだか悪いんだか分かんないんだよねえ」

お紋が溜息をついた。

目九蔵が天麩羅の追加を運んできて、それを突きながら、再び事件の話に戻る。

「仮に、〈播間屋〉の誰かが本当にしゃぼん玉の葦の茎に毒をつけたとして、〈播間屋〉とお定は何か関わりがあったのだろうか。何か恨みを持たれるようなことをしたのか。……お定のことを色々探ってはみたが、〈播間屋〉のことはまったく出なかったけれどな。だが」

木暮は酒を啜りつつ、お紋を見やった。

「大女将、この前言ってたよな。お定が働いていた〈幾花〉の内儀の縁が、〈播間屋〉へ入っていくところを見たと。どうも様子がおかしかったと、な」

お紋は神妙な顔で頷いた。

「そうなんだ。だから、やっぱり、あの内儀と〈播間屋〉が手を組んで、お定さんを消したんじゃないかと思うんだよ。祭りの時、内儀も主も来てたしさ。いくらでも機会はあったと思うんだ」

「うむ。そう考えるのが妥当なような気もするが、如何せん証拠がない。しゃぼん玉の葦の茎までは押収しなかったから、それに毒がつけられたかも定かではない。下手人を挙げるにしても、決め手がねえんだよなあ。あの半衿の謎が解ければ、もう少し近づくかもしれねえけどな」

　木暮は腕を組み、唸る。お花は天麩羅を頰張ったまま腰を上げ、お定が遺した件の半衿と着物の図案を、二階から持ってきた。

「あたいたちも考えてるんだけどさ、なかなか解けないんだよねえ。目九蔵さんが、『ここに書かれた食べ物、木の芽と団子と枇杷で何か作ってみたら分かりますかな。でも枇杷は今の時季は手に入りませんわ』って言っていたけど」

　お花はそう話しつつ、またも天麩羅に手を伸ばす。

「少し慎みなさい、この子は！」

　お市に窘められても、お花は「はあい」と適当に返事をする。そしてお花は指で摘んだ天麩羅をまじまじと眺め、半衿や着物の図案と見比べつつ、ふと思いついたように言った。

「今、気づいたんだけれどさ。お定さんが考えた着物には有平糖が描かれていて、半衿には梨が刺繡されているって、面白いよね。〝ある〟と〝なし〟で」

木暮たちは顔を見合わせる。お花は指で摘んだ五色巻の天麩羅を揺らしながら続けた。

「五色巻の色合いを見ていて、思ったんだ。着物には、紅色、白色、紫色の〝ある〟へいとうが描かれている。半衿には、青色、黄色の色合いの中に〝なし〟が描かれているんだ。……これって、どういうことだろう」

「紅色、白色、紫色があって、青色、黄色がないもの、ってことかい？」

お紋が身を乗り出す。木暮は首を捻った。

「いったい、なんだろう。やはり食べ物か、それとも別の物なのか」

皆、考え込んでしまう。お花が舌打ちした。

「くそっ、思いついたはいいけど、答えが出ねえや！」

「野菜かね、それとも花かね」

「なんだかなあ……思い浮かぶような、浮かばないような、おかしな気分だ」

皆が頭を捻る中、お市が板場へと行き、新しい料理を持ってきた。

「旦那、そんなに根詰めないで、大根召し上がって」

お市の優しい笑顔に、木暮の心も和む。ふろふき大根に、塩糀と芥子を混ぜ合わせたものを掛けてある。単純だが、これが非常に美味しいのだ。

木暮は「ありがとよ」と言って、熱々のふろふき大根をはふはふと頰張った。

「うむ……この些か甘味のある塩糀と、辛い芥子が合わさって、いや、これも絶品……」

言葉を不意に切り、木暮は眉を寄せた。「どうしたの？」とお市が木暮の顔を覗き込む。

「芥子か……。そうか、芥子だ！」

皆、木暮を見詰める。紅、白、紫色があって、青、黄色がないものは、阿片が採取できる芥子の花であった。ちなみに阿片が採取出来ない芥子（雛芥子など）には、青や黄色のものも見られる。

木暮は着物の図案を食い入るように眺めた。

「そういや、この有平糖の花、花弁が四枚でよく見りゃ芥子の花のようだ」

「そういえば、そうね。芥子の花が一面に描かれているみたい。……ああ、どうして気づかなかったのかしら」

「芥子ならば、阿片だ。何か阿片に纏わる秘密を知り、お定さんは消されたのかもしれねえ。……それなら分かる、ずっと何かに怯えていたということも。下手人どもが〈笹野屋〉を脅かしてまで図案や半衿を回収しようとしたことも。やはり、お定さんは自分が残したものに、意味を隠していたんだ。それに、この着物の図案の題は、確か《幻の花》だったんだろ？　幻という語に、幻覚という意味を籠めていたんじゃねえかな。幻覚を見せるような花、とな」

「そりゃ大事だ！　男と女の揉め事云々の顚末、なんてことじゃ済まされなくなるよ！　命を狙われるってのも分かるわ」

お紋が目を瞬かせる。お市も声を上擦らせた。

「じゃあ、お内儀の緑さんなどの仕業ではなくて、もっと大きな黒幕がいるってこと？」

天麩羅に齧りつきながら、お花が昂る。

「その阿片に、町娘の神隠しも絡んでいたら大事件だよね！　ひょっとして、〈かんかん座〉も絡んでいるのかなあ」

〈かんかん座〉の名を聞いて、お市は心ノ臓がばくばくいう。木暮は大根に舌鼓を打ちつつ、答えた。

「黒幕は旅一座の連中ってことか？　忠吾に張らせている限りでは、不審な動きはないようだが。実はこの前、お直も襲われたんだ。夜道で半衿を奪われそうになって、忠吾が助けた。それでお直に問い質すことが出来たのだが、こんなふうに言っていた。『私も〈かんかん座〉も、お定さんの事件にも、ましてや神隠しの事件にも何も関わっていません。私は確かにお定さんに敵意は持っていましたが、そんなことする訳ないでしょう。半衿を買いにいったのは、単にお定さんが遺したものを取っておきたかったからです。私、なんだかんだと、お定さんの才には一目置いておりましたから。〈かんかん座〉については、一座の中に知り合いがおりまして、それで親しくしているだけです。あの人たち、悪いことが出来るような人たちではないですよ。破落戸に見えるかもしれませんが、根はいい人たちです』ってね。俺の勘では、あながち嘘をついているようには見えなかった。聞き込みをしても〈かんかん座〉の悪い噂は聞かない。破落戸のようでいて挨拶もちゃんとするし、爺さん婆さんや子供にも優しいそうだ。あいつらは白だな、恐らく」

　木暮の話に、お市の動悸が少し治まる。お花が大きく頷いた。

「そうそう。表は悪く見えても、裏は良いということはあるもんね。表と裏が同じで、この五色巻みたいにどこをどう切っても同じってこともあるけれど、表と裏で別の顔なんてこともよくあるさ」

「……しかしよく食うねえ、お前も」

五色巻の天麩羅をもぐもぐ食べる孫を眺めながら、お紋がぽんと手を打った。

「そうか！〈さんまめしでしめまんさ〉だ！」

皆、お紋を見詰める。木暮はぽかんとした。

「なんだ、それは」

「旦那、〈きんたまごはんはごまたんき〉だよ！」

「なんだってんだよ、そりゃ？　きんた……なんて、お下劣だなあ、おい！」

「旦那、こういう意味さ。〝金色の卵を掛けた御飯に胡麻を振ってみるとあまりに美味しくて、それを欲しがって短気にもなっちまう〟ってね」

「お母さん、こんな時にまた……」

お市が顔を顰めるも、木暮は頷いた。

「うむ。それは確かに旨そうだ。俺、卵を掛けた飯、好きなんだよなあ！　女将、悪いがその〝金卵御飯〟を頼むわ。胡麻も振ってな」

「あ、はい」

お市は――もっと真面目に解決なさいよ――と思いつつも板場へと行き、目九蔵に伝えて戻ってきた。すると、お紋が木暮に、さっき言ったことの意味を説明していた。

「〈さんまめし～〉のように、上から読んでも下から読んでも同じってのもあるけど、〝上から読むのと下から読むのと別の意味〟ってこともあるかもしれないと思ったんだよ。……この半衿に隠された文章だ」

お花も頷いた。

「ああ、そうか！　梨が逆さまに刺繡されていたのは、そういう意味だったのかもしれない。文章を逆さまにすれば何か分かるかもね」

ようやく解決の糸口を摑んだようで、皆の顔がぱっと明るくなる。面々は、再び解読に挑んだ。半衿に刺繡された文、

〈春もえに木の芽うすらむ　団子げにうれ　ゆかりたい枇杷の子〉

をすべて仮名に開くと、

〈はるもえにきのめうすらむ　だんごげにうれ　ゆかりたいびわのこ〉

となる。それを逆さまにすると、こうなった。

〈このわびいたりか　ゆれうにげごんだ　むらすうめのきにえもるは〉

「〈この侘び至りか　揺れう逃げ込んだ　蒸らす梅の木煮え盛るは〉かしら？」

お市が首を傾げる。お紋も読み解く。

「〈この侘び至りか　揺れう逃げ込んだ　村雨の木に枝漏るは〉ではどうかね」

「なるほど、大女将、冴えてるな。『この侘しさが至って、揺れ動きながら逃げ込んだ。村雨が木の枝から漏れている』というような意味か」

木暮が唸る。お花がぽつりと口にした。

「なんだか寂しげだね。それだと、自害って意味にも取れないかい？　逃げ込む、とかさ」

「重大な秘密を知ってしまって、追い詰められての自害だったってことか？　なら追い詰めたのは誰だってことだ。……それが、阿片を扱っていた奴らなのか」

木暮の顔つきが険しくなる。お市が溜息をついた。

「上から読むとなんとなく明るくて、下から読むとなんとなく寂しい感じなのね。不思議だわ」

半衿をじっと眺め、お花が言った。

「この半衿、縞になってるよね。あたい、ずっと不思議だったんだ。縞模様の半衿って珍しいだろ。青と黄色に芥子の花の意味を隠していたとしても、なにも縞にしなくてもよかったんじゃないかと思うんだ。やけに派手になっちまうしさ。……だから、縞ってことにも何か意味があるのかな。つまり、一字ずつ空けて読めってことなのかな？」

　皆、顔を見合わせる。木暮がそそのかした。

「お花、それ、やってみろ」

「あいよ！」と返事をし、お花は逆さまにした文を、今度は一字ずつ空けて読み始めた。

「〈このわびいたりか　ゆれうにげごんだ　むらすうめのきにえもるは〉」

「〈こ○わ○い○り○　ゆ○う○げ○ん○　む○す○め○き○え○る○〉」

「〈こわい　りゅうげん　むすめきえる〉。りゅうげん……って、ええっと確か……」

　〝金卵御飯〟を運んできた目九蔵がぽつりと言った。

「へえ、お定さんが倒れた時に助けようとした、医者ですわ」

　店の中がしんとなる。皆の目が点となる中、お花が得意げに顎を突き出した。

「ほらね！　あたいの勘は当たってた！　あの蛸坊主、初めから気に入らなかったんだ。なんとなくだけどさ！」

　お紋は躰の力が抜けたように、壁へと寄り掛かった。

「あの先生が……。読み解き間違えたんじゃないの、お前」

木暮は腕を組み、大きく頷いた。

「いや、充分考えられるぞ。阿片で儲けていたから、金子を取らずに治療するなんて悠長なことが出来たんだろうよ。娘たちを阿片漬けにして、どこかに売り飛ばして、それも金子になっていたんだろう。黒幕はあの医者だったってことか」

お花はお紋を見やり、さらに顎を上げた。

「ふん。あん時、婆ちゃんはあたいのことを『捻くれてる』って言ったけどさ、この世って真っすぐなだけじゃないだろ？　捻くれてるとこもあるだろ？　捻くれたものを見るには、真っすぐな心より、少しぐらい捻くれた心のほうが、よーく分かるってもんなんだよ」

生意気なことをしれっと言い、お花はにやりと笑う。木暮は「一理あるかもな」と苦い笑みを浮かべた。

お市は呆然としつつ、呟いた。

「若い娘の勘って侮れないのねえ」

「それも山猿だからね、まさに野性の勘だ」

「婆ちゃん、一言余計さ」

お花がむくれる。三莫迦女のいがみ合いをよそに、木暮は卵と胡麻を掛けた御飯を勢いよく頬張り、付け合わせの〝金針菜の炒めもの〟を摘んで唸った。金針菜とは萱草の蕾を乾燥させたもののことで、しゃきしゃきした歯応えと仄かな甘味が癖になる食べ物だ。

「そうか、針だ。あの時、流源はお定さんを助けるふりをして、素早く針で急所を突いたんだ。髷に針を忍ばせ、頭を突いて、脳を殺した。しゃぼん玉の葦の茎に微量の砒素を塗って動けなくさせ、針でとどめを刺したか。……うなじにも盆の窪と言われる急所はあるが、そこを狙うと痕が目立つから、頭を狙ったんだろう。頭には風府と呼ばれるツボがあるからな。髪を剃り落としてまでは検死しなかったからなあ。落ち度だったな」

「鬼畜だねえ」とお紋が顔を顰める。

「悪事をお定さんに知られて、口封じで消したんだね」

「でも、どうしてお定さんは、流源の悪事を知ったのかしら。何か繋がりがあったということよね」

お市の言葉に、木暮が頷く。

「ほかに仲間がいるはずだ。……それがもしや〈播間屋〉なのでは？」

お紋も考えを巡らせる。

「ほら私、前に、あの医者の診療所から緑が出てくるのを目撃したって話したろ？　あの時、私、緑が身籠ったとばかり思っていたけれど、勘違いだったのかもしれない。もしや、流源とそういう間柄なのかもしれないよ。緑の亭主はお定さんとずっといい仲だったんだろ。それなら、くさくさしていただろうし、自分も……って気になってもおかしくないものね。だから悪事に緑も一枚嚙んでいて、流源と〈播磨屋〉の仲介のような役割をしているのかもしれない」

お市が口を挟んだ。

「そういえばお祭りの時、倒れたお定さんに近寄った流源が『水を持ってきてくださらんか』と大声を出したのよね。あの時、集まった人たち皆ざわめいたのよ。それまで皆お定さんから目が離せなかったんだけれど、あれで空気が少し変わった。そして、緑も駆け寄ったんだわ、あの時。皆の注意を逸らして、流源と緑がお定さんを取り囲むようにして……やったのね」

「流源が黒幕で、どうやら緑と油問屋の〈播磨屋〉が仲間ってことか。……繫がったな。巧くいけば、お定さんの事件と娘たちの神隠し事件、一挙に解決出来るかもしれん」

楊枝を噛みながら、木暮がにやりと笑う。お花が付け足した。

「いや、婆ちゃんの見立て、あながち間違っていないんじゃない？　緑が身籠ってる、っての。でもその相手は亭主の幾太郎じゃなくて、流源なのかもしれないけれどさ」

お紋の躰からいっそう力が抜け、ずるずると背中が壁を滑る。目九蔵がそれを支えた。木暮は楊枝を銜え、首を傾げる。

「だが、お定さんは流源といつどこで、どう知り合ったんだろう。やはり居酒屋で働いていた時なのだろうか」

〈かんかん座〉の疑いが晴れたようで安堵し、頭が働くようになったお市が、おずおずと言った。

「ふと思ったんだけれど……お定さん、内藤新宿の旅籠から頭巾を被った男と逃げたという疑いがあるって言っていたじゃない。ひょっとしたら、その頭巾を被った男というのが流源だったのではないかしら」

皆の目がお市に集まる。お市は続けた。

「その男は顔に大きな火傷の痕があるってお定さんは言っていたらしいけれど、誰も見たことはなかったのよね？　ということは、初めから火傷の痕などなかったのかもしれないわ。ただ、顔を見られたくなかっただけなのではないかしら。その男はすらりとした優男だったという話で、流源は肥(ふと)っているけれど、それも単に食べることが好きで年々肥っていったのかもしれないし、もしかしたら……昔と人相を変えるためにわざと肥ったってこともあるんじゃない？　年齢も、流源は五十歳ぐらいでしょう。頭巾を被った男は今は四十前後から五十前後ぐらいになっているなら、ちょうど合うわ」

　木暮は膝を打った。

「そうか……。飯盛り女(めしもりおんな)の頃からの知り合いで、流源にそそのかされて火事を起こして逃げ出したという訳か。恐らく二人は、男と女の関係であり、悪事の仲間でもあったのだろう。火事を起こしたこともそうだが、それで弱みを握(にぎ)られて、流源につき纏われていたことは容易に想像出来る。お定が怯えていたのは、流源の影だ。ほかに仲間もいるようだし、どこへ逃げても追い掛けてきただろう。そうすると、なかなか抜け出せない。底なし沼のような恐ろしさだっただろう」

　ようやくお紋が気を取り直し、口を挟む。

「流源に脅かされ続けたんだろうね。〈幾花〉で造花師として真面目に働くようになってからも。『逃げようとしたら、お前の来し方を幾太郎にも周りにもばらす』なんて凄まれてさ。お定さん自身にも落ち度はあったんだろうけれど、恐ろしかったと思うよ」

「そんで、何かの拍子に、流源が阿片の密売や娘たちの神隠しに関わっていることを知っちまったんだね。それじゃ怯えるさ、相手が相手だけに、命の危機を感じるだろうよ」

お花は物憂げに、半衿を手に取って眺める。木暮が唸った。

「流源はお定に、その悪事の片棒を担がせようとして、拒まれたのかもしれねえな。『そこまでは無理』となあ。それで秘密を知られたからには、生かしちゃおけねえと……。流源は阿片を密売するだけでなく、娘たちにも使っていたんだろう。娘たちを阿片の中毒にさせ、どこかに売り飛ばしていたと察せられる」

「ああ、怖い！　お花も変なことに巻き込まれないよう気をつけなさいよ」

お市が肩を竦め、娘に注意する。しかしお花はしれっと返した。

「あたいは大丈夫さ。山猿って呼ばれてるだけあって、逃げ足は速いからね！　それよりおっ母さんのほうが心配さ。なんだか頭も逃げ足もとろそうで」

孫の言葉にお紋はくっくっと笑い、お市はむっとする。

「なによ、生意気なことばっかり言って」

不貞腐(ふてくさ)れるお市に、木暮が微笑んだ。

「まあ、女将がとろそうってのは確かだな。そう怒りなさんな、そこがいいっていう俺みたいな男もいるんだからさ」

「お市、気をつけな。あんたみたいに胸やお尻がむちむちしている女には、こういう鼻の下が伸びた助平(すけべ)な男が近づいてきて、底なし沼に引(ひ)き摺(ず)り込まれるんだからね」

「引き摺り込むのは、〝あちら〟のほうの巧(たく)みな技でかい？」

木暮がすかさず返し、お紋と顔を見合わせ「くくく」と笑う。お市が唇を尖(とが)らせた。

「もう、いい加減にしてよ！　だいたいお花が悪いのよ、私のことをとろいとかなんとか言うから。もっと敬(うやま)ってほしいわ。仮にも貴女の母親なのよ、私は」

お花はお市に一瞥(いちべつ)をくれた。

「ちょっと頼りないけどな。まあ、いいよ、あたいのおっ母さんってことでも」

「近頃はお花のほうがしっかりしてきてるもんね」

お紋は笑い、木暮もにやけている。目九蔵はとっくに板場に下がってしまっていた。

皆にからかわれ、「うん、もう！」と、お市は頬を膨らませた。

夜、部屋で一人になると、お花は幽斎の占いの内容を再び思い返してみた。

――悪霊（あくりょう）というのは、流源のことだったんだ。では、〝葛籠（つづら）に閉じ込められた、薔薇を抱いた娘〟というのは、やはり神隠しに遭った娘たちのことなのだろうか。幽斎さん、こんなことも言っていた。『可哀相（かわいそう）に。棘（とげ）に刺されて、娘は血だらけだ。「痛い、痛い」と泣いている』って。どういうことなんだろう。いなくなってしまった娘たちは、今、どうなっているんだろう――

目が冴えて、お花はなかなか眠ることが出来ない。

幽斎の占いが当たり過ぎていて、実のところお花は驚いていた。

――幽斎さんのことを信頼していたけれど、これほどとは――と。

幽斎に占ってもらったことを皆に話したくてうずうずしているのだが、そうすると秘密の仕事のことまでもばれてしまいそうなので、お花は逸（はや）る心を必死で抑えていた。

――婆ちゃんなんか、絶対『どうして高い金子を出してまで、そんな占い処に通っているんだい』と訝（いぶか）るだろうしな。おっ母さんは『そこへ行くのに、お給金だけで足りているの？』と怪しむだろうし。ひょっとしたら木暮の旦那に頼んで、あたいに見張りをつけるかもしれない。そしたら、休みの日を自由に過ごすなんてこと、出来なくなっちまうもんな。なら、余計なことは何も喋(しゃべ)らないほうが吉だ——

お花はそう判断した。

それに、お花は気恥ずかしくもあったのだ。邑山幽斎という二枚目の占い師に夢中になっていることを、皆に知られるのが。

——幽斎さんのことを話したりしたら、婆ちゃんもおっ母さんも、絶対に会いにいくだろうな。婆ちゃんなんか、げらげら笑いそうだ。『お花の趣味って、あいうのかい！　あんたとまるで正反対じゃないか！』ってね——

お花は畳の上にごろんと寝転がり、天井を見上げて、苦笑する。

お花は自分でも分かっている。幽斎に強く惹(ひ)かれるのは、自分にないものを、すべて持っている人だからだと。

二

木暮は早速〈播間屋〉を調べ、根岸に寮（別荘）を持っていることを突き止め、店のほうは忠吾に見張らせて自分は根岸へと飛んだ。流源は配下の者に見張らせている。

猪牙舟に乗り、大川をいく。どんよりとした空の下、立ち並ぶ枯れ木が寒々しい。冬は魚もおとなしく、川面に微かに霧が立っている。しかし木暮はこのような景色が決して嫌いではない。

――こういう侘びしい景色を見ながら一杯呑むのもいいんだよなあ――

仕事中にもそのようなことを考えてしまう。冷たい風が吹き過ぎ、木暮は大きなくしゃみをした。

根岸には裕福な商人たちの隠居所や寮、妾宅などが多く建てられており、〝根岸の里〟と呼ばれるように長閑な風景が続く。木暮は沼田村の渡し場で舟を降り、宮城村へと向かった。そこに〈播間屋〉の寮があるのだ。

村人たちに訊きながら、雑木林に踏み込んでいくと、その奥に小さな一軒家があった。人の気配はせず、しんとしている。

——恐らく、ここだろう——

木暮は大木の陰に隠れて寮の様子を窺いつつ、通り掛かった村人に訊ねてみた。

「あの家は、〈播間屋〉という油問屋の寮ではないか？」

「へえ、そうだと思います。名主さんがそんなことを仰ってましたから」

「やはりそうか。中に人はいるのか？　人の気配を感じないのだが」

「寮番がいるようですが、あまり表に出てこないので、よく分かりません」

「なるほど……。それで、何か変わった様子はないか？　時々は誰かやってくるのだろう？　何でもいいから、気づいたことを話してくれ」

村人は少し考え、このようなことを告げた。

「へえ。……なんだか変わった匂いがしますわ、あの家は」

「変わった匂い？　どのような匂いだ」

「へえ、なんとなく甘いといいますか。……ほかの村人も言ってましたが、悪臭という訳ではないのに、嗅いでいるうちに頭が痛くなってきたり、気持ちが悪くなったりしてくるんですわ。それで、誰もあの家には近寄らなくなっちまって。

名主さんにも苦情を言ったのですが、特に注意してくれた訳でもないようです」

木暮は鋭い目で寮を睨んだ。

「やはりそうか……。話を聞かせてくれて、ありがとうな」

「いえ、とんでもありません。……あ、こんなことを言ってた村人もおりました。時折、夜中に誰か来て、ばたばたしていることがあると」

「夜中にか？」

「へえ、駕籠で誰かが運ばれてきて、駕籠舁きが中まで担いでいくのを見たと言ってました。〈播間屋〉のどなたかなんでしょうかね。訪れる時刻といい、どうも人目を避けているようで、寮に来るのにこそこそしなくてはいけない訳が何かあるのかと思っていました」

木暮は村人にもう一度礼を言い、寮へとそっと近づいていった。ひっそりとしているが、確かに仄かな匂いが漂っている。裏へと回り、閉じられた戸に身を寄せて鼻をひくつかせ、木暮は確信した。

——やはり阿片だ。阿片の匂いが微かに残っている。ここで娘たちを阿片漬けにしていたのかもしれぬ——

木暮は考えを巡らせる。

——油問屋ならば上方(かみがた)と繋がりがあるはずだ。油の市場の中心は大坂(おおざか)で、そこから江戸積みという経路で江戸や東海道へと送られてくるからな。とすれば、娘たちは上方へ売られた可能性もある……——

　中で微かな物音がした。寮番がいるようだ。木暮は決して足音を立てぬように離れ、もう少し見張るため、再び雑木林の陰へと身を隠した。

　流源を張っていた配下の者が、知り得たことを木暮に伝えた。やはり流源は〈播間屋〉と繋がりがあるようで、流源の診療所を訪れた文使いを尾けたところ、〈播間屋〉に届けたという。

　木暮は顎をさすり、眉根を寄せた。

「やはり流源と〈播間屋〉が共謀して、目ぼしい娘を勾引(かどわ)かしては阿片中毒にさせて売り飛ばしていたんだな。売った先は恐らく上方……大坂あたりだろう。そのことを何かで知ったお定は流源たちに狙われ、もしもの時のために着物と半衿の図案に言伝(ことづて)を残したんだ」

「阿片は少量でも高価ですよね。流源は麻酔などに使う阿片を、犯罪に充(あ)てていたのでしょうか」

「うむ……そこなんだ。これは俺の勘だが、あいつはもっと悪人だと思われる。阿片の密輸にも絡んでいて、それを地下で売り飛ばし、大儲けをしていたのではないだろうか。阿片といえば清国だ。……そして、大坂という地は密輸も絶えん。長崎を使わなくとも、大坂で取引することは可能だろう」

桂は喉をごくりと鳴らした。

「真相が見えて参りましたね！」

「うむ。流源と〈播間屋〉の連中を一網打尽に出来るかもな。〈播間屋〉は大坂から油と阿片を運ばせ、その船に娘たちを乗せて送り返していたのかもしれねえ」

桂は顔を青褪めさせ、頷く。

「おっ、お察しのとおりだと思います。……しっ、しかし、確たる証がございません」

「うむ、そうなんだ。踏み込むにも、罪を犯しているという決め手がねえんだ。町娘の神隠しはこのところ収まっているが、そろそろまた起きるかもしれねえ。このまま流源と〈播間屋〉の両方を張り続けて、行動を起こしたところで御用とするのが尤もだろうが……それだと手間も時間も掛かっちまうんだよな」

「相手もそろそろ警戒しているかもしれません」

「うむ。……だが、なるべく早く片をつけたいぜ」

木暮は腕を組みつつ、にやりと笑った。良いことを思いついたのだ。

三

冬の合間の小春日和、庭に面した障子の外から鵯の囀りが聞こえる。柔らかな日差しが当たる診療部屋に、お紋はいた。

「今日はどうされました？　お元気そうですが、どちらか具合がお悪いのかな」

流源はいかにも穏やかそうな笑みを浮かべ、お紋の目の前にいる。流源の診療所には小柄な老婆が手伝いにきていたが、部屋の中には入ってこなかった。

お紋は答えた。

「いえね。流源先生は立派なお医者様とお伺いして、前々から是非診ていただきたいと思っていたのです。私、別のお医者様から『余命二年ほど』と言われましてね。本当かどうか確かめてもらいたくってね」

お紋は顔を伏せ、微かな溜息をつく。流源は心配そうに眉根を寄せた。

「それはそれは……。私でよろしければ、診させていただきますよ。それに余命云々といいましても、心掛け次第で治ることもございます。事実、私はそうして多くの患者さんを治して参ったのです。あ、金子は気になさらないでください、初回ですしな」

お紋は顔を上げ、潤(うる)む目で流源を見詰めた。

「ありがとうございます。さすがは評判の高いお医者様ですね。……でも、その前にどうしても知りたいことがあるんですよ」

「ほう、どのようなことでしょう」

「いえ……残念なことなんですけどね」

お紋は懐からお定が残した半衿を取り出し、流源に突き付けた。

「この中に、あんたの名前が書かれていたんだよ！　親切そうな顔して裏で酷(ひど)いことしてるんだねえ。鬼だ！」

流源の顔色がみるみる変わり、まさしく鬼の形相(ぎょうそう)になった。が、一息ついて返した。

「いったい何のことでしょう。その半衿がどうかしましたか？」

流源はてっきり逆上して摑み掛かってくると思ったので、お紋は些か拍子抜けするも気丈に言い返した。

「しらばっくれんじゃないよ、これにお定さんが必死で残したんだ！　許されざる、あんたの悪事をね」

「お定さん？　ほう、どなたでしたかな。どちらのお定さんでしょう」

流源は禿げ頭をてからせ、にやりと笑う。

「くっ……」

お紋は唇を嚙み締め、拳を震わせた。思わずお紋のほうが流源に摑み掛かりそうになる。

その時、お紋の背後で、手伝いの老婆が木刀を振り上げた。老婆の目は大きく見開かれ、血走っている。

老婆がお紋の頭めがけて木刀を振り下ろそうとした時、既のところで、岡っ引きの忠吾が戸をぶち破って乗り込んできた。お紋に付き添い、外で待っていたのだ。

忠吾は老婆から木刀を奪い取り、「婆さんはおとなしくしといてくれ」とあっという間に手拭いで後ろ手に縛り、床に転がした。だがその隙に、流源は針を手に、お紋を押さえつけて羽交い締めにしようとした。

……しかし。お紋はするりと身をかわし、流源の頬を引っ叩いた。

「うわあっ」

火花が散るような平手打ちをかまされ流源が怯む。そこへお紋は着物の裾を捲り上げ、「はああっ！」という気合の声と共に、思い切り敵の急所を蹴り上げた。

「ぐうっ、ううううっ」

流源は口の端から泡を吹いて、股間を押さえたまま倒れてしまった。

「この悪党めが！」

お紋はぜいぜいと肩で息をしながら、仁王立ちで流源を見下ろす。

――つ、強ええ――と茫然とする忠吾の傍らで、お紋は「ふん、ざまないね」と鼻で笑った。すると慌てて木暮と桂が飛び込んできて、怒号を轟かせた。

「患者へ危害を与えようとした廉で、話を聞かせてもらうぞ！」

流源が動けるようになると、手伝いの老婆と共に縄で縛られ、木暮と桂に連れていかれた。二人が現われるのが遅れたのは、障子戸の隙間から中の様子を窺っていて、お紋の勇姿に唖然として見惚れていたからだった。

がらんとした診療部屋で、忠吾はお紋に頭を下げた。

「大女将、御見逸れしやした！　あっしの出る幕、ありやせんでした」

お紋は忠吾の肩を叩き、からからと笑った。

「なんてことないさ。私も子供の頃はお花に負けないぐらいのお俠でね、近所の餓鬼大将相手にも戦ったもんだよ！　さすがに衰えてるかと思ったら、案外そうでもなかったね」

「いやあ、凄いっすよ。あの蹴り、痺れましたわ。実際やられたら堪ったもんじゃないでしょうが、いや、カッコよかったっす」

「そうかい、じゃあまだまだいけるね、私も」

「もちろんですわ！　そんなにお元気なのに、余命二年なんて迫真の演技でしたぜ！」

「それはよかった」

お紋は、ひたすら感嘆している忠吾に微笑み、少し遠い目になった。開け放された障子戸、診療所の庭では鵯がまだ囀っている。


木暮は流源を締め上げて吐かせ、油問屋〈播間屋〉の面々、〈幾花〉の内儀の緑も捕らえた。

察したように流源と緑は深い関係であり、三者がつるんで、町娘を勾引かしては阿片漬けにして大坂の遊廓へと売り飛ばしていたのだった。

木暮は根岸にある〈播間屋〉の寮も調べ上げ、大量の阿片を見つけた。それを証拠に〈播間屋〉の主を締め上げると、阿片の抜け荷をしていたことも白状した。流源にそそのかされ、清国から手に入れたそれを、勾引かした娘ともども売り捌いていたのだ。

流源とお定は、お定が内藤新宿に居た頃からの知り合いで、元々は客と飯盛り女の関係だった。「ここから抜け出したい」というお定に流源が入れ知恵し、火事を起こした。

その頃、流源は目黒に診療所を開いており、お定は暫しそこに匿ってもらっていたが、半年もすると逃げ出した。流源は性欲が非常に強く、何度も求めてくるので躰がもたず、嫌気が差したからだった。また流源の、仏の如き表の顔と、鬼の如き裏の顔が違い過ぎるというのも、恐ろしかった。

お定は目黒から離れた浅草まで逃げ、居酒屋に勤め始めた。美しいお定は来し方を誤魔化して、居酒屋の主に口を利いてもらって長屋を借り、どうにか生きていくことが出来た。

しかし流源はしつこくお定を追っていた。知り合いの破落戸たちを使って、とうとう探り当てた。そして、幾太郎といい仲になったお定が移ってきた日本橋へ、自らも引っ越したのだ。

流源はまたもお定につき纏い始めた。再び流源が目の前に現われた時のお定の恐怖と驚きは、如何ばかりであったろう。

お定は震える声で流源に言った。

「これ以上つき纏ったら、番所へ行って話す」と。しかし流源は鼻で笑った。

「莫迦言うな。それなら俺だってあの火事のことを話してやる。お前を匿ってやっていた頃、一緒に盗みを働いたこともな。番所だけでなく、幾太郎にも言ってやるぞ。お前は愛想を尽かされ、店から追い出されるだろう。お前こそ牢屋行きだ。なんなら、ここにいることをあの旅籠の主に言ってやろうか？　あの時、どれだけの損害をあの旅籠に与えたと思ってるんだ？　お前を生かしちゃおかないだろう」

「で、でも、私が火をつけたという証拠がないわ」

「証拠？　ふふ、証拠がなくとも、あの火事のどさくさに紛れて、借金を踏み倒して逃げたってことは確かなんだよ！　見つかって連れ戻されたら、どんな折檻を受けるか分かってんのか？　もう二度と旅籠から出られんよ」

流源に見据えられ、お定は震え上がった。流源はにやりと笑った。

「俺とお前は一蓮托生だ。もう離れられぬのよ。お前が助かる道は一つだ。俺の言うとおりにすればよいのだ。俺の言うことを聞けば、何もせずにいてやる。幾太郎にだって何も話さない。お前はあの造花屋で働き、今の長屋にも住んでいられる。……なに、ちっとも悪い話ではないだろう？」

そしてお定は、流源の言うことを聞かざるを得なくなった。以前のように、躰を弄ばれるようになったのだ。流源にはほかにも女がいるようで、月に二度ほどであったが、それでもお定の心にも躰にも大きな負担が掛かった。

男を渡り歩いてきたお定だったが、幾太郎のことは本気で好いていたので、ほかの男の言いなりになるのは、やはり屈辱だったのだ。お定のそのような気持ちに流源は気づいていて、余計に面白くなかった。悪党の流源は、思っていた。

――お定を決して幸せにしてやるものか――と。

そして流源は、お定にあることを持ち掛けた。

――これでお定はもう一生、俺から離れられない。俺の言うがままになるしかない――と、ほくそ笑みながら。

娘を勾引かして阿片中毒にさせて売り飛ばすという企みに、お定を引き摺り込もうと思ったのだ。だが、報酬を弾むと言ったにも拘(かかわ)らず、お定は真(ま)っ青(さお)になって断わった。

「そんなことは絶対に出来ません」と。かつては火事を起こすなど悪事を働いたお定であったが、幾太郎と出会ってから心を入れ替えたのだ。だが流源は、お定に凄んだ。

「なにを今更尤(もっと)もらしいことを言ってるんだ。俺たちは同じ穴の貉(むじな)だろ？　それに以前、約束したよなあ。俺の言うことは何でも黙って聞く、と。だからこんなに後ろ暗いことをお前に話したんだぜ」

　お定は震えを必死に堪え、思わず口にした。「奉行所に言います」と。

　すると流源は高らかに笑った。

「おいおい、奉行所に話したところで、まだ何も起きていないのだから、俺を捕まえるなんてこと出来っこないだろう。それに奉行所にこんなことを話したら、お前だって怪しまれて色々詮索(せんさく)をされて墓穴(ぼけつ)を掘るぜ。奉行所の奴らが俺を訪ねてきたら、俺も正直に言うさ。その女は勤めていた旅籠に火をつけて逃げてきた莫連(ばくれん)ですよ、なんなら旅籠に連れていって突き出してやってください、とね」

　お定は俯(うつむ)き、血が滲むほどに唇を嚙み締める。流源は追い打ちをかけた。

「仮にお前が密告して、万が一、俺が捕まるようなことがあっても、俺の手下がお前を許してはおかぬからな。どこへ逃げようとも、見つけ出して、必ずお前を殺る。覚悟しておけ」

お定は真っ青なまま俯いていたが、突然跪き、土下座をして懇願した。

「聞いたことは、誰にも何も言いません。誓います。絶対に言いません。だから……このとおりです。私がその仲間に加わるのは、許してください。……許してください」

流源は「このアマ」とお定の頭を足で踏みつけながら、思った。――どうせ、こんな状態では使えんな――と。悪事を働くには、お定は弱り過ぎていた。心も躰も。

流源は「誰にも何も話さない」という約束で、お定を仲間から外すことにした。しかし、この話を断わったことで、お定は流源を本気で怒らせてしまい、狙われるようになっていったのだ。

お定が断わった役目を引き受けたのが、緑だった。流源は既に緑とも深い仲で、近づいていったのは流源のほうだった。お定が幾太郎に思いを寄せてるのが癪で、その女房を寝取ってやろうと思ったのだ。男旱りだった緑は流源の誘いにすぐに乗り、絶倫同士で躰の相性もすこぶるよかった。

　金子と色欲が絡み合い、緑は流源の仲間に喜んで加わった。娘たちの勾引かしは、こうして行われたのだ。

　まず、目ぼしい娘に狙いをつける。美しく育った、芝居が好きな娘だ。

　その娘が一人で歩いている時に、緑が声を掛けて道を訊ねる。相手が女だからと油断した娘は、親切に案内してくれる。その道すがら、緑は芝居の話をする。

「〈かんかん座〉っていう二枚目の役者を揃えた一座が人気あるんですって」などと。娘は乗ってくる。緑は懐から券をちらつかせ、「二枚持っておりますので、案内してくれた御礼に一枚差し上げましょうか」などと言う。娘は「嬉しい！」と満面に笑みを浮かべる。

　続けざまに緑が「なんなら役者たちに会わせてあげましょうか。伝手があるの」などと甘い言葉を囁けば、娘たちは「是非！」と頰を紅潮させ、もう有頂天だ。

　話が弾むと、道のりが短く思える。気づくと人気がない場所に来ており、娘が――おや？――と思った時には、豹変した緑に気絶させられる。その後、複数の男たちが現われ、娘を荒ら屋に連れ込み、手籠めにしてから拉致していたという。

緑は流源から話を聞き、お定も元々は仲間だったことを知った。娘たちを誘導する役目はお定にやらせたかったということも。流源は寝物語に緑に囁いた。「この企みのことを話してしまったので、お定を消したいと思っている」と。

緑は流源の首に腕を絡ませながら、囁き返した。

「いいわよ、あんな女、消えちまっても」と。

流源の仲間に加わり、緑の懐にも金子が入るようになっていた。色と欲が満たされ、緑はすっかり味を占めていたのだ。

――お定を生かしておいたら、どこかで口を滑らせて悪事がばれるかもしれない。こんな愉しみをそうそう奪われてたまるか。夫とのことでずっと自分が嫌な思いをしていたんだ、今度はお定にとっとと消えてもらおう――緑は、そう思ったという。

緑は最後に白状した。流源から砒素をもらい、それを盛り続けて、夫の幾太郎をもいつか殺めようと思っていたと。

取り調べで木暮が「お前の腹の子は、流源の子か」と訊ねると、緑は笑みを浮かべたまま答えなかった。

緑はまことにもって浅ましい毒婦であった。

流源の話を断わったことで、お定は不安に戦慄いていた。

――いつか消されるかもしれない――

そのような思いが、お定を絶えず苛んだ。

やがて町娘の神隠しが連続して現に起こるようになり、お定は奉行所に何度も足を運ぼうとしたが、証拠がない。

やがて――どこへ逃げようとも、見つけ出して、必ずお前を殺る――という流源の脅かしが絶えず聞こえてくるようになって、気鬱の症状が現われ始めた。

お定は心身ともに衰弱していき、それでも何かあった時のためにと、着物と半衿に必死の思いで言伝を縫い込んだのだった。

「誰にも何も話さない」と流源と約束したお定は、そのようにして伝えるほかなかった。

本当は目立つことは避けたかったお定が品評会に出たのは、その言伝を誰かに気づいてほしかったからかもしれない。

だが、誤算だったのは……否、お定は百も承知だったのかもしれないが、流源がその言伝に勘づいてしまったということだ。

祭りの時、品評会が始まる前から《日本橋小町》と呼ばれる娘たちはそれらの着物を纏(まと)って、打ち合わせのために集まっていた。小町たちは、考案者の名が書かれた札を首から下げていたので、近くに寄って見れば、誰が考えた柄か分かった。

流源は、お定が品評会に出るということを緑から聞いていたので、あの時こっそり訪れていた。そして何食わぬ顔で小町たちに近づき、お定の名が書かれた札を下げている娘が纏った着物を見て……勘づいたのだ。

紅、白、紫色の有平糖の柄に、流源は、すぐに芥子の花を思い浮かべた。おまけに着物の柄の題が《幻の花》だ。その時、流源は——もう生かしてはおけぬ——と思ったという。そして直(ただ)ちに行動に移したという訳だ。

しゃぼん玉の葦の茎に砒素を塗って、手伝いにきていた〈播間屋〉の手代を使ってお定にさりげなく渡させ、毒を静かに廻らせるようにした。

しかし毒というのは、効き目が速い人もいれば、遅い人もいるし、効き目の出方も違う。同じ量を盛ったとしても、ある人は死に至っても、別の人は死に至らぬこともあるのだ。

お定には毒が徐々に廻り、炊き出しの時に倒れた。そこで流源は自ら駆け寄り、お定の様子を見た。

そして――このままでは万が一助かってしまうかもしれない――と睨み、針で止めを刺したのだった。木暮が察したように、うなじにある盆の窪という急所ではなく、髷の中の風府というツボを狙った。

風府を針などで攻撃した場合、延髄が損傷し、死に至ることがあるのだ。くも膜下出血を起こすこともある。

盆の窪を攻撃しても死に至るが、うなじの真ん中の窪みに当たるので、ここを針で刺しては痕がすぐに分かる。しかし風府は、髪の生え際と後頭部の一番高いところの中間点になるので、髪に隠れてしまって針の痕が分からない。検死では、お定の髪を剃ることまではしなかったからだ。

長らく悪事に手を染めてきた流源は、誰にも悟られずに素早く針を刺すことなど、朝飯前であった。

流源はこうしてお定を消した。その後〈笹野屋〉がお定の遺した半衿を売り出したという噂を聞き、脅迫文を送ってすぐに阻止した。半衿にも何かが隠されているような予感がしたからだ。

案の定、売り出した半衿も、芥子を連想させるような図案だった。

悪目立ちするような柄だったので、町中で半衿をつけている娘を見つけることが出来、仲間に襲わせ、半衿を奪わせた。その仲間というのも、〈播間屋〉の手代たちだった。

奪った半衿を切り裂いてみると、訳の分からぬ文が赤い糸で刺繍されてあり、流源はまたも胸騒ぎを覚えたが、解読出来なかったという。

もし簡単に解読出来たら、流源はもっと血眼（ちまなこ）になって半衿をすべて回収したであろうから、お定が取った方法は間違っていなかったといえよう。

そして、お定の必死の思いが通じたのだろうか、半衿に残した謎を〈はないちもんめ〉の面々が姦（かしま）しくも読み解いた。〈ずっこけ三人女〉などと呼ばれている〈はないちもんめ〉の面々だが、三人寄れば意外な力を発揮するということだろう。

こうして、またもはないちもんめたちの活躍で、木暮は悪人を一網打尽にすることが出来たのだった。大坂に配下の者を走らせ、大坂町奉行と相談し、娘たちが売られた新町（しんまち）遊廓や岡場所と折り合いをつけ、どうにか四人を見つけ出すことが出来た。〈播間屋〉と通じていた大坂の油問屋も取り調べている。

「よかったわね、本当に」と胸を撫で下ろすお市に、「だがな」と木暮は顔を顰めた。

「そのうちの二人は、こう言ったんだ。『もう帰りたくない、このままここに残る。……帰れない』とな」

「どういうこと？　親に会わせる顔がないと？」

「うむ。そういうことだが……遊女に堕とされた身を卑下するとか、そういう生易しいことではないんだ。娘たちは四人とも、背中一面に刺青を入れられていたんだ。薔薇と蜘蛛のな」

　お市は絶句してしまった。木暮は苦い顔で話を続けた。

「帰れないと言った娘たちは、その刺青に絶望したんだろう。帰ったところで、もう堅気の暮らしは出来ねえだろうからな。……流源ってのは、医者になる前は彫り師をしていたらしい。内藤新宿の旅籠で見た者がいたが、奴の腿には刺青が入っていた。髑髏の図がな。自分で入れたそうだ」

　お市はただ黙って聞く。

「それで流源を問い詰めたんだ。『どうして娘たちにあのような惨いことをしたんだ』と。そしたら奴、にやりと笑って、このように答えた。『刺青を彫りたくなったからですよ、久しぶりにね』と。……今回の企ては、娘たちを売り飛ばすためだけでなく、娘たちに思い切り刺青を彫りたいという己の激しい欲望を満たすためでもあったんだ」

「酷いわね……。阿片で朦朧とさせて、刺青を彫っていたのね」

「そうだ。流源は告白した。一年ほど前から、再び刺青を彫りたくて堪らなくなっていたと。眠っていた欲望が、突然目覚めたかのようにな。だが、彫る相手は誰でもいいという訳ではなかった。若い娘に絞られた」

「それは……どうして？」

「うむ。俺ももちろん問うた。すると流源は薄ら笑いを浮かべて、こう答えたんだ。『若い娘の肌には、彫ったことがなかったからですよ。だから、彫ってみたかったんです。思い切りね』と。……今まで経験したことがなかったから経験してみたかったと。まあ、俺たちにしてみればまことにふざけた話だが、ああいうおかしな奴にとっては真っ当な理由なのかもしれん。奴がお定に執着しながらも刺青を彫る対象にしなかったのは、あれぐらいの歳の女には彫ったことがあったからだろう。流源にとって、性の対象と、刺青を彫りたい対象とは、また違っていたようだ。奴は笑っていた。『若い娘に刺青を彫ることは、躰を弄ぶことなど比べ物にならぬほど、遥かに甘美な悦びでした』とな。恐らく、彫り師をしていた頃の客は、いかつい男や熟れた女ばかりだったのだろう。奴は描きたかったんだ、大切に育てられた若い娘の白い肌に、永久に消えぬ妖しい絵をな」

眠らせた美しい娘の背中に、恍惚の笑みを浮かべて薔薇の刺青を彫る流源を思い浮かべ、お市はぞくっとした。

この頃にはもう華岡青洲が考案した〝通仙散〟という麻酔薬があったが、それまでは阿片や大麻がその役割を果たしていた。若い娘たちが彫られる痛みで泣き叫ばぬように麻酔を施してやったのは、流源の一粒の良心だったのであろうか。

流源は十三歳の時から彫り師に弟子入りし、その道を歩んでいた。人の肌に針を刺す仕事をしていた流源が、医術に興味を持ったのは不思議ではないだろう。殆ど守られていないが、現代でも、彫り師になるには本来医師の免許が必要なのだ。

流源は独学で医術を学び、やがて医者の看板を掲げるようになった。この時代、医者になるのに免許などは必要なく、なろうと思えば誰でもなることが出来た。蘭方医学を学ぶ者は長崎に遊学したりもしたが、町医者の殆どは漢方医学しか知らず、手術を行うこともなく、脈を取り、患部に触れて診察し、薬を処方するのが治療だった。誰でも医者を名乗れるがゆえ、藪医者もいれば名医もいるという玉石混淆となってしまうが、人の躰に慣れていた流源は医術の勘が働き、「腕の良い医者」と呼ばれるようになっていったのだ。

流源は三十歳になる頃には彫り師から名医に転身を果たしており、鍼灸治療にも秀でていた。針の扱いに慣れていた流源の仕業であれば、瞬時の一突きでお定の命を奪ったのも、納得がいくだろう。

お花に頼まれて事件を占った幽斎が言うところの「悪霊」が流源であるなら、「葛籠に閉じ込められた、薔薇を抱いた血だらけの娘」は勾引かされた娘たちだった。

この世には、刺青を入れた娘たちを好む通な男も多いようで、高値で売れたという。流源にとっては、まさに一石二鳥であったろう。

「許せないわ……自分の欲望のために、娘さんたちの行く末を滅茶滅茶にするなんて。その『帰りたくない』と言っている娘さんたちはどうするの？」

「うむ。正直、俺にもまだ分からぬ。今、配下の者が娘たちを説得しているから、戻ってくるとは思うがな。その後どうやって生きるかは、娘たちの気持ち次第だろう。まあ、流源はもちろん極刑だ。それでも足らんぐらいだがな」

「本当に……。怖い事件だったわね」

お市はやりきれない思いで、溜息をついた。

流源の自白に依れば、お豊は仲間という訳ではなかったという。お豊は火事の騒ぎに便乗して、旅籠からただ逃げただけであった。お豊も一応取り調べは受けたが、歳月が経っており、今はおとなしく暮らしているということで、お叱りだけで旅籠に突き出されることはなかった。

お峰の亭主はろくでなしだが悪事に手を染めるほどの勇気もなく、お峰はそんな亭主に文句を言いながらも、仲良くやっているようだ。

最も辛かったのは、幾太郎であろう。お定亡き後、妻の緑が捕まり、酷く落ち込んで、店にも暫く顔を出さなかった。だが、「これも自分が招いたこと」と猛省し、心を入れ替えて仕事に励むことを誓ったという。

後にお直が木暮に語った話に依ると、「今では人が変わったように、真面目に懸命に働いていらっしゃいますよ」とのことであった。

四

「ううっ、寒いなあ！」

北風に身を縮こまらせながら、お花は今日も通りに立って引き札を配る。黄蘗色の着物に茜色の半纏を羽織り、懐に温石を忍ばせていても、やはり寒いものは寒い。

「頑張ってるねえ！　近いうち行くよ」

「ありがとうございます、お待ちしてます！」

引き札を受け取ってくれた人たちの笑顔が、お花の励みだ。寒さに耐え切れなくなると、そこここを軽く走り回って躰を温める。すると赤ん坊をおんぶした男児が目に入った。

「大吾！　こんな寒空の下、子守りしてるなんて偉いねえ」

お花が声を掛けると、大吾はにっこり笑って近づいてきた。大吾はお紋の幼馴染みのコウの孫で、お鈴やお雛と同じく九つである。大吾は赤ん坊と一緒に、継ぎ接ぎだらけの半纏に包まれていた。薩摩芋が入った包みを持っているところを見ると、お使いの帰りだろう。

　大吾はお花を見上げ、つぶらな目をぱちぱちと瞬かせた。

「別に偉くないよ。おっ母さんの手伝いしてるだけだ。お花ねえちゃんもお店の手伝いしてるんだろ」

　お花は大吾に笑みを返した。

「お互い、頑張ってるって訳だ。寒さに負けずにね！　あ、でも赤ちゃんは気をつけたほうがいいよ。洟(はな)が出てるみたいだ」

　お花は袂(たもと)から手拭いを取り出して、赤ん坊の洟をそっと拭いてやり、ついでに大吾のそれも拭ってあげた。

「これで綺麗(きれい)になった。お使い行ってたんだろ？　早く帰りな、風邪(かぜ)引く前にさ」

「ありがとう！　……ところで今日はどんな料理の引き札を配っているの？」

「鰤(ぶり)だよ。この時季美味しいからね。大吾も遠慮せずに、お腹が空いたら食べにおいで。賄(まかな)いが残ってることもあるからさ」

「うん、今度行くね！〈はないちもんめ〉の料理は本当に旨いから」

　すると大吾の背中で赤ん坊が「えっ、えっ」と泣き始めた。お花は赤ん坊を優しくさすりながら急かした。

「ほら、寒いんだよ、赤ちゃん！　早く帰って一緒に温まりな」

「うん、そうする。じゃあまたね、お花ねえちゃん」

お花は大吾に引き札を一枚と、温石を渡した。大吾は「これまでは悪いよ」と温石を返そうとしたが、お花は受け取らなかった。

「これで赤ちゃんを温めながら帰りな。あたいは丈夫なだけが取り柄だから、こんなのなくたって平気のへっちゃらさ！」

「でも……」

大吾は掌の温石を見詰め、躊躇う。お花は大吾の頭を撫でた。

「返すのはいつでもいいから、持っていきな。人の厚意は素直に受け取っとくもんだよ！」

大吾は笑顔で頷き「ありがとう。すぐ返しにいくね」と言って、引き札と温石を大切そうに持ち、長屋へと帰っていった。

その小さな後ろ姿を見送りながら、お花の心は温もっていた。

――あんな幼い子だって、寒い中、文句言わずに手伝ってるんだ。あたいだって、しっかりやらなきゃ！――

奮い立ち、お花はお腹に力を籠めて大声を出した。

「北紺屋町の料理屋〈はないちもんめ〉だよ！　ほっかほかの鰤の料理で、温まってくださいな！」

寒さを吹き飛ばすようなお花の威勢のよい声につられて、また人が集まってくる。

――元気よく大きな声を出せば、温石がなくても温かくなるんだな――

鼻の頭を赤くしながら、お花は笑顔で引き札を配った。

霜月（十一月）半ば、幾分早く、この冬初めての雪が降った。粉雪が舞い散る中、〈はないちもんめ〉の軒行灯が柔らかく灯っている。中から笑い声が漏れていた。

「いやあ、お力添え、今回もまことにありがとう！」

既に酔いの廻った木暮が、先ほどからお市に何度も礼を言っている。一緒に来ている桂も、同じことを繰り返す木暮に苦笑いだ。

「旦那、数えきれないほど御礼を言っていただいたので、もう結構よ」

お市も少々酸っぱい笑顔である。しかし木暮は「いや、そんなことねえ！　まだまだ言い足りねえ！」と喚（わめ）き、鰤と葱（ねぎ）の煮物を頰張って酒を啜っては、にやにやとする。

「だってよ、今回も〈はないちもんめ〉の皆の活躍があってこその捕縛だったからな。なかでも女将には本当に頭が上がらねえのよ。いやあ、この鰤と葱もなんだか滅茶苦茶旨（めちゃくちゃうめ）えし、最高じゃねえか」

木暮は食って呑んで、お市を眺めては鼻の下を伸ばす。その横を、料理を載せた盆を持って通り過ぎながら、お紋は大きな声で独（ひと）り言（ご）ちた。

「あらあ、お市一人が活躍したって訳じゃないと思うんだけどねえ！」

木暮はお紋の後ろ姿をじろっと見る。お市が窘めた。

「そうよ。今回は大女将の名演技と大立ち回りがあってこそ、でしょう。躰張ってくれたんだもの」

桂も頷いた。

「皆さんそれぞれ活躍してくださいましたが、ここはやはりお紋さんに敬意を表するべきではないでしょうか」

「うむ……。俺だって分かっておる！　遣り手の大女将には到底敵（かな）わぬと。……でも女将の顔を見ちまうとなあ」

訳の分からぬことを言いながら、木暮はでれでれとするばかりだ。お市は苦笑いで桂に酌をするも、実のところ心ここにあらずであった。

疑いが晴れて安堵したものの、〈かんかん座〉のことが気になって仕方がないのだ。

——いつまで待っても、段士郎さん、この店を訪れてくれないわ。やはりあの夜のことはお遊びで、私に言ったことも出任せだったのかしら——

そう思うと切なく、胸が疼く。しかし憂いを帯びたお市の表情というのもまた悩ましく、いっそう木暮を刺激するのか、さらに鼻の下が伸びる。

すると戸が開き、玄之助と八重が入ってきた。お紋が顔をぱっと明るくさせる。

「あら、お二人さん、いらっしゃい！　お待ちしてましたよ」

お紋は嬉しそうに、二人を座敷へ上がらせた。お蘭が意地悪をして以来、二人とも姿を見せなかったので、お紋は心配していたのだ。

「こないだはごめんなさいね。八重さん気を悪くなさって、もう来てくれないかと思ってさ。本当にすまなかったね」

お紋に頭を下げられ、八重は慌てた。

「そんな……謝らないでください。私、まったく気にしておりませんので」

「八重殿が言うように、大女将が謝ることではなかろう。頭を上げてくれ」

玄之助も八重も相変わらず穏やかな笑顔で、お紋もようやく安堵する。どうやら二人の仲は、お蘭の嫌がらせなどで壊れてしまうほど柔なものではないようだ。

「お待ちどお」とお花が酒とお通しを運んできて、二人に酌をする。玄之助と八重は盃を合わせ、静かに啜り、息をついた。二人は前よりももっと、自然に微笑み合うようになっている。お紋は思った。

――なるほど、お蘭の奴が言ったこともあながち間違いではなかったようだ。あの意地悪が刺激となって、この二人の絆はより固まったのかもしれない――

お通しは〝蕪の甘酢漬け〟。薄く切った蕪に、細かく切った柚子が混ざっている。それを口にして、八重は目を細めた。

「私、大好きなんです。蕪と柚子のみずみずしく爽やかな味わいが」

「しゃくしゃくとした歯応えも堪らぬ」

「柚子の香りも」

仲良く味わう二人に、お花が微笑んだ。

「この料理、甘酸っぱいお二人に合ってますよ」

「まあ」と八重が頰を染める。玄之助も照れくさそうな笑みを浮かべた。

するとと少し離れたところに座っている木暮が、二人に声を掛けた。

「これはこれは、お二人さん！　いやあ、八重さん、相変わらず清らかでお美しくていらっしゃる！　どうです、こちらで一緒に！」

玄之助も八重も困ったような顔で会釈をする。お花が八重に注意した。

「あんな阿呆で助平なおっさんに近づいちゃいけませんよ。くれぐれも」

八重は笑いを嚙み殺しながら、「はい」と頷いた。

ところが木暮は、八重たちが無視していてもお構いなく話し掛けてくる。

「こんな雪の日に、お二人で何してらっしゃったんですか！　熱いことなさってたんでしょう！」

お市が「もういい加減にしなさいよ」と窘めるも、八重は真面目に答えた。

「今日は玄之助さんも私も寺子屋がお休みだったので、お芝居を観にいっていたんです。この前観にいってとても楽しかったので、もう一度観たいと思いまして」

「前に少し話したかもしれぬが、〈かんかん座〉という旅一座の舞台だ。とても良い芝居をするのだが、そろそろ江戸を離れてしまうようで残念だ」

〈かんかん座〉と聞いて、お市の胸が震える。

――江戸を去ってしまうの？……次に来るのはいつかしら。きっと、また数年後……どうせ暫くは江戸を訪れないわよね。……駄目ね、私。待っていても仕方ないのだから、いい加減、忘れてしまわなければ――

お市は顔を強張らせ、黙ってしまう。酔っ払っている木暮は気づきもしなかったが、桂はお市の様子の変化に――おや？――と思った。木暮はでかい声を出した。

「〈かんかん座〉か！知ってるぞ、〈かんかん座〉！なに、江戸からいなくなっちまうのか、あの色男ども。女たちが泣くだろうなあ。くうう、憎いねえ」

うるさい木暮に、玄之助も八重も酸っぱい顔だ。玄之助は立ち上がって木暮のほうへ行くと、懐から折り畳んだ紙を取り出し、手渡した。

「〈かんかん座〉の引き札だ。まだあと三日ぐらい演っているようなので、お暇があれば観てきては如何かな」

木暮は引き札を受け取り、目を擦りながら眺めた。

「へえ！《助六所縁江戸櫻》を演ってるのか！役者の名前も全部書かれてる

な。二十人もいるのかあ。……あっ」

　お市が急に引き札を奪い取った。自分でもどうしてそんなことをしたのか分からない。怖いような気がして、ずっと〈かんかん座〉から目を背けていたのだが、ついに秘めていた熱いものが溢れ出たのだろうか。

　お市は食い入るように引き札を見て、目を瞬かせた。

〈かんかん座〉は〈侃々座〉という漢字で、役者名がずらりと記されてあったが、その中に段士郎はいなかったからだ。

　――何度見ても、段士郎さんの名前はないわ。……ということは――

　どうやら「かんかん」と読みは同じでも、別の旅一座だったようだ。

　――なあんだ。勘違いだったみたいね。……そういえばこの〈侃々座〉は二枚目揃いというけれど、私の知っている〈かんかん座〉はどちらかといえば愛嬌のある三枚目が多くて、段士郎さんもいい男だけれど二枚目の優男という感じではなかったものね！　やだ、私ったら、間違えちゃったんだ――

　ほっとしたような寂しいような複雑な思いだが、お市に笑顔が戻る。木暮が拗ねた。

「なんだよ、女将。その旅一座の役者が色男揃いだからって、目の色変えやがって。……ふん、どうせ俺は二枚目半だよ」

「三枚目だろ。なに誤魔化してんだ」

お紋が口を挟む。お市はふっくらした美しい顔に笑みを浮かべ、取り繕った。

「違うわよ！　引き札の書き方にちょっと興味があっただけ。ほら、うちも引き札を作ってお花に配ってもらっているから、どのように書けば効き目があるか、見てみたかったの」

「なんだ、そういう訳か。なら、いいんだ。そうだよな、女将は、役者みてえなすけこましに入れ上げたりしねえよな！　よかった俺の勘違いで」

お市のまことの女心など分かりもせず、木暮は今宵も変わらず酒に酔い痴れ、お市を眺めてでれでれする。そんな木暮に、お花が湯気の立つ椀を運んできた。

「旦那、これで少しは酔いでも醒ましなよ」

椀の中身は、けんちん汁。大根、人参、里芋、牛蒡、葱といった旬の野菜に蒟蒻や豆腐まで入って、彩り豊かだ。それを啜り、木暮は目を細めた。

「このけんちん汁、なんだかこの店みてえだな。どこか懐かしくて、賑やかで」

お市は優しい笑顔で、木暮を見詰める。

粉雪が舞う夜も、〈はないちもんめ〉の中はほかほか暖かだ。

はないちもんめ　秋祭り

一〇〇字書評

切・り・取・り・線

購買動機（新聞、雑誌名を記入するか、あるいは○をつけてください）	
□（　　　　　）の広告を見て	
□（　　　　　）の書評を見て	
□ 知人のすすめで	□ タイトルに惹かれて
□ カバーが良かったから	□ 内容が面白そうだから
□ 好きな作家だから	□ 好きな分野の本だから

・最近、最も感銘を受けた作品名をお書き下さい

・あなたのお好きな作家名をお書き下さい

・その他、ご要望がありましたらお書き下さい

住所	〒				
氏名		職業		年齢	
Eメール	※携帯には配信できません	新刊情報等のメール配信を 希望する・しない			

この本の感想を、編集部までお寄せいただけたらありがたく存じます。今後の企画の参考にさせていただきます。Eメールでも結構です。

いただいた「一〇〇字書評」は、新聞・雑誌等に紹介させていただくことがあります。その場合はお礼として特製図書カードを差し上げます。

前ページの原稿用紙に書評をお書きの上、切り取り、左記までお送り下さい。宛先の住所は不要です。

なお、ご記入いただいたお名前、ご住所等は、書評紹介の事前了解、謝礼のお届けのためだけに利用し、そのほかの目的のために利用することはありません。

〒一〇一－八七〇一
祥伝社文庫編集長 坂口芳和
電話 〇三（三二六五）二〇八〇

祥伝社ホームページの「ブックレビュー」からも、書き込めます。

http://www.shodensha.co.jp/bookreview/

祥伝社文庫

はないちもんめ　秋祭り（あきまつり）

平成30年10月20日　初版第1刷発行

著　者　有馬美季子（ありまみきこ）

発行者　辻　浩明

発行所　祥伝社（しょうでんしゃ）

東京都千代田区神田神保町3-3
〒101-8701
電話　03（3265）2081（販売部）
電話　03（3265）2080（編集部）
電話　03（3265）3622（業務部）
http://www.shodensha.co.jp/

印刷所　堀内印刷

製本所　ナショナル製本

カバーフォーマットデザイン　中原達治

Printed in Japan ©2018, Mikiko Arima ISBN978-4-396-34464-1 C0193